Adolf Krummacher

Der kleine Heidelberger Katechismus

Anatiposi

Adolf Krummacher

Der kleine Heidelberger Katechismus

Unveränderter Nachdruck der Originalausgabe von 1859.

1. Auflage 2023 | ISBN: 978-3-38220-070-1

Anatiposi Verlag ist ein Imprint der Outlook Verlagsgesellschaft mbH.

Verlag: Outlook Verlag GmbH, Zeilweg 44, 60439 Frankfurt, Deutschland
Vertretungsberechtigt: E. Roepke, Zeilweg 44, 60439 Frankfurt, Deutschland
Druck: Books on Demand GmbH, In de Tarpen 42, 22848 Norderstedt, Deutschland

Der kleine
Heidelberger Katechismus.

Mit beigedruckten Schriftsprüchen

und mit Erweiterungen aus dem großen Katechismus

zum Gebrauch

beim Confirmandenunterricht

herausgegeben

von

Adolf Krummacher,

Hofprediger an der Liebfrauenkirche zu Halberstadt.

Berlin.
Verlag von Wiegandt und Grieben.
1859.

Vorwort.

Der kleine Heidelberger Katechismus, wie er im Jahre 1585 als Auszug aus dem großen, der Hauptbekenntniß- schrift der reformirten Kirche Deutschlands, erschienen ist, hat in neuerer Zeit wieder die Beachtung gefunden, die er wegen seiner besonderen Brauchbarkeit zum Unterrichte der christlichen Jugend verdient. Durch Beschluß des Convents zu Halle im Jahre 1856 und mit Genehmigung des Königlichen Consistoriums ist er auch in sämmtlichen evangelisch - reformirten Gemeinden der Provinz Sachsen eingeführt worden. Dies hat dem Unterzeichneten zu der vorliegenden Bearbeitung Veranlassung gegeben, die er zunächst seinen lieben Amtsbrüdern an den genannten Gemeinden mit dem Wunsche und in der Hoffnung dar- bietet, daß sie ihren Beifall finden und von ihnen beim Katechumenen- und Confirmanden-Unterrichte in Gebrauch genommen werden möchte. Die beiden bereits vorhandenen Ausgaben von Wilsing und Sudhoff leiden an ver- schiedenen Mängeln, welche der Herausgeber bei der sei- nigen zu vermeiden gesucht hat. Die Ausgabe von Sud- hoff läßt nicht selten eine zweckmäßige Auswahl der Bibelstellen vermissen, während die Wilsing'sche der so nothwendigen Ergänzungen aus dem großen Katechismus ermangelt. Daß diese Ergänzungen in der That nicht entbehrt werden können, wird Jeder zugeben, der den kleinen Katechismus kennt und namentlich das Miß-verhältniß beachtet hat, in welchem die Erklärung des apostolischen Glaubensbekenntnisses zu der der Sacramente steht. Diese Lücke ist es denn auch hauptsächlich, welche durch Zusätze aus dem großen Katechismus, die durch ein vorgesetztes * kenntlich gemacht sind, ausgefüllt worden ist. Was der Herausgeber sonst noch hinzugethan hat, sind nur ein paar Anmerkungen, die ihm nöthig schienen, um einige im Katechismus nicht erwähnte oder nur kurz angedeutete Punkte mehr hervorzuheben.

Möge denn das Büchlein an den Herzen der Jugend viele Frucht schaffen und nach seinem Theile mithelfen am Aufbau der Gemeinde Jesu Christi!

Halberstadt, im Januar 1850.

A. Krummacher.

Einleitung.

1. Was ist dein einiger Trost im Leben und im Sterben?

Daß ich mit Leib und Seel', Beides im Leben und im Sterben, nicht mein, sondern meines getreuen Heilandes Jesu Christi eigen bin, der mit seinem theuern Blut für alle meine Sünden vollkömmlich bezahlet und mich aus aller Gewalt des Teufels erlöset hat; darum ich auch in seinem Namen getauft bin und ein Christ genannt werde.

Römer 8, 31—39. Ist Gott für uns, wer mag wider uns sein? Welcher auch seines eigenen Sohnes nicht hat verschonet, sondern hat ihn für uns alle dahingegeben; wie sollte er uns mit ihm nicht Alles schenken? Wer will die Auserwählten Gottes beschuldigen? Gott ist hier, der gerecht macht. Wer will verdammen? Christus ist hier, der gestorben ist, ja vielmehr der auch auferwecket ist, welcher ist zur Rechten Gottes und vertritt uns. Wer will uns scheiden von der Liebe Gottes? Trübsal oder Angst oder Verfolgung oder Hunger oder Blöße oder Fährlichkeit oder Schwert? Wie geschrieben steht: Um Deinetwillen werden wir getödtet den ganzen Tag; wir sind geachtet wie Schlachtschafe. Aber in dem Allen überwinden wir weit, um deß willen, der uns geliebet hat. Denn ich bin gewiß, daß weder Tod noch Leben, weder Engel noch Fürstenthum noch Gewalt, weder Gegenwärtiges noch Zukünftiges, weder Hohes noch Tiefes, noch keine andere Creatur, mag uns scheiden von der Liebe Gottes, die in Christo Jesu ist, unserm Herrn.

Johannes 10, 27 u. 28. Meine Schafe hören meine Stimme, und ich kenne sie und sie folgen mir und ich gebe ihnen das ewige

Leben; und sie werden nimmermehr umkommen und Niemand wird sie mir aus meiner Hand reißen.

1 Corinther 6, 19 u. 20. Wisset ihr nicht, daß euer Leib ein Tempel des heiligen Geistes ist, der in euch ist, welchen ihr habt von Gott, und seid nicht euer selbst? Denn ihr seid theuer erkauft. Darum so preiset Gott an euerm Leibe und in euerm Geiste, welche sind Gottes.

Römer 14, 7 u. 8. Unser keiner lebt ihm selber und keiner stirbt ihm selber. Leben wir, so leben wir dem Herrn; sterben wir, so sterben wir dem Herrn. Darum, wir leben oder sterben, so sind wir des Herrn.

1 Petri 1, 18 u. 19. Wisset, daß ihr nicht mit vergänglichem Silber oder Gold erlöset seid von euerm eitlen Wandel nach väterlicher Weise; sondern mit dem theuern Blute Christi, als eines unschuldigen und unbefleckten Lammes.

1 Joh. 3, 8. Wer Sünde thut, der ist vom Teufel, denn der Teufel sündiget von Anfang. Dazu ist erschienen der Sohn Gottes, daß er die Werke des Teufels zerstöre.

Apostelg. 2, 38. Thut Buße und lasse sich ein jeglicher taufen auf den Namen Jesu Christi zur Vergebung der Sünden, so werdet ihr empfangen die Gabe des heiligen Geistes.

Apostelg. 11, 26. Es geschah, daß die Jünger am ersten zu Antiochien Christen genannt wurden.

2. Wie viel Stücke sind dir nöthig zu wissen, daß du in diesem Troste seliglich leben und sterben mögest?

Drei Stücke. Erstlich: wie groß meine Sünde und Elend sei. Zum Andern: wie ich von allen meinen Sünden und Elend erlöset werde. Und zum Dritten: wie ich Gott für solche Erlösung soll dankbar sein.

Psalm 50, 15. Rufe mich an in der Noth, so will ich dich erretten und du sollst mich preisen.

Römer 7, 24 u. 25. Ich elender Mensch, wer wird mich erlösen von dem Leibe dieses Todes? Ich danke Gott durch Jesum Christum, unsern Herrn.

Der erste Theil.
Von des Menschen Elend.

3. Woher erkennst du dein Elend?

Aus dem Gesetze Gottes.

Römer 3, 20. Durch das Gesetz kommt Erkenntniß der Sünde.

Joh. 5, 45. Ihr sollt nicht meinen, daß ich euch vor dem Vater verklagen werde. Es ist einer, der euch verklagt, der Moses, auf welchen ihr hoffet.

4. Was erfordert denn das göttliche Gesetz von uns?

Dies lehret uns Christus in einer Summa, Matthäus im 22. Capitel: Du sollst lieben Gott, deinen Herrn, von ganzem Herzen, von ganzer Seele, von ganzem Gemüth und allen Kräften. Dies ist das vornehmste und größte Gebot. Das andere aber ist dem gleich: Du sollst deinen Nächsten lieben als dich selbst. In diesen zweien Geboten hanget das ganze Gesetz und die Propheten.

5 Mose 6, 4 u. 5. Höre Israel, der Herr, unser Gott, ist ein einiger Herr. Und du sollst den Herrn, deinen Gott, lieb haben von ganzem Herzen, von ganzer Seele, von allem Vermögen.

3 Mose 19, 18. Du sollst nicht rachgierig sein noch Zorn halten gegen die Kinder deines Volks. Du sollst deinen Nächsten lieben wie dich selbst; denn ich bin der Herr.

Matth. 5, 48. Ihr sollt vollkommen sein, gleich wie euer Vater im Himmel vollkommen ist.

Römer 13, 10. So ist nun die Liebe des Gesetzes Erfüllung.

5. Kannst du das Alles vollkömmlich halten?

Nein; denn ich bin von Natur geneigt, Gott und meinen Nächsten zu hassen.

Der andere Theil.
Von des Menschen Erlösung.

**8. Wie mögen wir dieser Strafe entgehen und wie-
derum zu Gnaden kommen?**

Gott will, daß seiner Gerechtigkeit genug geschehe,
entweder durch uns selbst oder durch einen Andern.

Hesekiel 18, 4. Welche Seele sündiget, die soll sterben.

Psalm 11, 7. Der Herr ist gerecht und hat Gerechtigkeit lieb.

Jesaias 1, 27. Zion muß durch Recht erlöset werden, und ihre
Gefangenen durch Gerechtigkeit.

9. Können wir aber durch uns selbst Bezahlung thun?

Mit nichten; sondern wir machen die Schuld
noch täglich größer.

Matth. 16, 26. Was hülfe es dem Menschen, so er die ganze
Welt gewönne, und nähme doch Schaden an seiner Seele? Oder
was kann der Mensch geben, damit er seine Seele wieder löse?

Psalm 49, 8 u. 9. Kann doch ein Bruder Niemand erlösen, noch
Gott Jemand versöhnen; denn es kostet zu viel, ihre Seele zu erlösen, daß er es muß lassen anstehen ewiglich.

Psalm 130, 3. So du willst, Herr, Sünde zurechnen; Herr,
wer wird bestehen?

Hiob 9, 2 u. 3. Ja ich weiß sehr wohl, daß es also ist, daß ein
Mensch nicht rechtfertig bestehen mag gegen Gott. Hat er Lust, mit
ihm zu hadern, so kann er ihm auf tausend nicht eins antworten.

Psalm 19, 13. Wer kann merken, wie oft er fehle? Verzeihe
mir die verborgenen Fehler.

Jakobus 4, 17. Wer da weiß, Gutes zu thun, und thut es nicht,
dem ist es Sünde.

Matth. 12, 36. Ich sage euch, daß die Menschen müssen Rechenschaft geben am jüngsten Gericht von einem jeglichen unnützen Wort,
das sie geredet haben.

10. Was müssen wir denn für einen Mittler und Erlöser suchen?

Einen solchen, der ein wahrer und gerechter Mensch und zugleich wahrer Gott sei.

1 Tim. 2, 5 u. 6. Es ist Ein Gott und Ein Mittler zwischen Gott und den Menschen, nämlich der Mensch Christus Jesus, der sich selbst gegeben hat für Alle zur Erlösung.

Ebräer 7, 26. Einen solchen Hohenpriester mußten wir haben, der da wäre heilig, unschuldig, unbefleckt, von den Sündern abgesondert, und höher, denn der Himmel ist.

Römer 9, 5. Aus Israel stammt Christus nach dem Fleisch, der da ist Gott über alles, gelobet in Ewigkeit.

Joh. 10, 30. Ich und der Vater sind eins.

Joh. 14, 9. Wer mich siehet, der siehet den Vater.

11. Wer ist aber derselbige Mittler, der zugleich wahrer Gott und ein wahrer, gerechter Mensch ist?

Unser Herr Jesus Christus, wie uns die Artikel des christlichen Glaubens in einer Summa lehren.

Phil. 2, 5—11. Ein Jeglicher sei gesinnet, wie Jesus Christus auch war; welcher, ob er wohl in göttlicher Gestalt war, hielt er es nicht für einen Raub, Gott gleich zu sein, sondern entäußerte sich selbst und nahm Knechtsgestalt an, ward gleich wie ein anderer Mensch und an Geberden als ein Mensch erfunden. Er erniedrigte sich selbst und ward gehorsam bis zum Tode, ja bis zum Tode am Kreuz. Darum hat ihn auch Gott erhöhet und hat ihm einen Namen gegeben, der über alle Namen ist: daß in dem Namen Jesu sich beugen sollen aller derer Kniee, die im Himmel und auf Erden und unter der Erde sind; und alle Zungen bekennen sollen, daß Jesus Christus der Herr sei, zur Ehre Gottes des Vaters.

1 Cor. 1, 30. Welcher uns gemacht ist von Gott zur Weisheit und zur Gerechtigkeit und zur Heiligung und zur Erlösung.

12. So sag' her die Artikel des christlichen Glaubens.

Ich glaube an Gott den Vater, allmächtigen Schöpfer Himmels und der Erde.

erhält und regiert, um seines Sohnes Jesu Christi willen mein Gott und Vater sei, der mich mit aller Nothdurft Leibes und der Seele versorget und alles Uebel, das mir widerfahren mag, mir zu Gute wendet.

1 Mose 1, 1. Am Anfang schuf Gott Himmel und Erde.

Ebräer 11, 3. Durch den Glauben merken wir, daß die Welt durch Gottes Wort fertig ist, daß Alles, was man siehet, aus nichts geworden ist.

Psalm 115, 3. Unser Gott ist im Himmel; er kann schaffen, was er will.

Psalm 33, 9. So er spricht, so geschiehet es; so er gebietet, so stehet es da.

Psalm 19, 2. Die Himmel erzählen die Ehre Gottes und die Veste verkündiget seiner Hände Werk.

Psalm 104, 24. Herr, wie sind deine Werke so groß und viel! Du hast sie alle weislich geordnet und die Erde ist voll deiner Güte.

Psalm 103, 13. Wie sich ein Vater über Kinder erbarmet, so erbarmet sich der Herr über die, so ihn fürchten.

Joh. 20, 17. Gehe hin zu meinen Brüdern und sage ihnen: Ich fahre auf zu meinem Vater und zu euerm Vater, zu meinem Gott und zu euerm Gott.

Epheser 3, 14 u. 15. Derhalben beuge ich meine Kniee gegen den Vater unseres Herrn Jesu Christi, der der rechte Vater ist über alles, was da Kinder heißt im Himmel und auf Erden.

Gal. 4, 6. Weil ihr denn Kinder seid, hat Gott gesandt den Geist seines Sohnes in eure Herzen, der schreiet: Abba, lieber Vater!

Matth. 7, 9—11. Welcher ist unter euch Menschen, so ihn sein Sohn bittet um Brot, der ihm einen Stein biete? Oder so er ihn bittet um einen Fisch, der ihm eine Schlange biete? So denn ihr, die ihr doch arg seid, könnet dennoch euren Kindern gute Gaben geben; wie vielmehr wird euer Vater im Himmel Gutes geben denen, die ihn bitten!

Anmerkung. Zu den Geschöpfen Gottes gehören auch die Engel, heilige und selige Geister, die er zu seiner Verherrlichung und zu seinem Dienste erschaffen hat, von denen aber ein Theil, der Teufel und seine Engel, von ihm abgefallen ist.

Psalm 103, 20. Lobet den Herrn, ihr seine Engel, ihr starken Helden, die ihr seinen Befehl ausrichtet, daß man höre die Stimme seines Worts.

Hebräer 1, 14. Sind sie nicht allzumal dienstbare Geister, ausgesandt zum Dienst um derer willen, die ererben sollen die Seligkeit?

Psalm 91, 11 u. 12. Er hat seinen Engeln befohlen über dir, daß sie dich behüten auf allen deinen Wegen; daß sie dich auf den Händen tragen und du deinen Fuß nicht an einen Stein stoßest.

Matth. 18, 10. Sehet zu, daß ihr nicht jemand von diesen Kleinen verachtet. Denn ich sage euch: ihre Engel im Himmel sehen allezeit das Angesicht meines Vaters im Himmel.

Luc. 15, 10. Ich sage euch, es wird Freude sein vor den Engeln Gottes über einen Sünder, der Buße thut.

Joh. 8, 44. Ihr seid von dem Vater, dem Teufel, und nach eures Vaters Lust wollt ihr thun. Derselbige ist ein Mörder von Anfang und ist nicht bestanden in der Wahrheit, denn die Wahrheit ist nicht in ihm. Wenn er die Lügen redet, so redet er von seinem eigenen; denn er ist ein Lügner und ein Vater derselbigen.

2 Petri 2, 4. Gott hat der Engel, die gesündigt haben, nicht verschonet, sondern hat sie mit Ketten der Finsterniß zur Hölle verstoßen, und übergeben, daß sie zum Gericht behalten werden.

Matth. 25, 41. Dann wird der König sagen zu denen zur Linken: Gehet hin von mir, ihr Verfluchten, in das ewige Feuer, das bereitet ist dem Teufel und seinen Engeln.

Epheser 6, 11. Ziehet an den Harnisch Gottes, daß ihr bestehen könnet gegen die listigen Anläufe des Teufels.

1 Petri 5, 8 u. 9. Seid nüchtern und wachet; denn euer Widersacher, der Teufel, gehet umher wie ein brüllender Löwe und suchet, welchen er verschlinge. Dem widerstehet fest im Glauben.

* Was verstehst du unter der Vorsehung Gottes?

Die allmächtige und allgegenwärtige Kraft Gottes, durch welche er Himmel und Erde sammt allen

Creaturen gleich als mit seiner Hand erhält und regiert, also daß, was die Erde hervorbringt, deßgleichen Regen und Dürre, fruchtbare und unfruchtbare Jahre, Essen und Trinken, Gesundheit und Krankheit, Reichthum und Armuth, kurz Alles nicht von ohngefähr oder zufällig, sondern nach seinem väterlichen Rath und Willen uns zukommt.

Psalm 139, 7—10. Wo soll ich hingehen vor deinem Geist und wo soll ich hinfliehen vor deinem Angesicht? Führe ich gen Himmel, so bist du da; bettete ich mich in die Hölle, siehe, so bist du auch da. Nähme ich Flügel der Morgenröthe und bliebe am äußersten Meer, so würde mich doch deine Hand daselbst führen und deine Rechte mich halten.

Römer 11, 36. Von ihm und durch ihn und in ihm sind alle Dinge.

Apostelg. 17, 27. u. 28. Gott ist nicht ferne von einem Jeglichen unter uns; denn in ihm leben, weben und sind wir.

1 Mose 8, 22. So lange die Erde stehet, soll nicht aufhören Same und Ernte, Frost und Hitze, Sommer und Winter, Tag und Nacht.

Psalm 104, 13 u. 14. Du feuchtest die Berge von oben her; du machest das Land voll Früchte, die du schaffest. Du lässest Gras wachsen für das Vieh und Saat zu Nutz den Menschen, daß du Brot aus der Erde bringest.

Psalm 74, 16 u. 17. Tag und Nacht ist dein; du machest, daß beides, Sonne und Gestirn, ihren gewissen Lauf haben. Du setzest einem jeglichen Lande seine Gränze; Sommer und Winter machst du.

Psalm 139, 16. Deine Augen sahen mich, da ich noch unbereitet war, und waren alle Tage auf dein Buch geschrieben, die noch werden sollten und derselben keiner da war.

1 Samuelis 2, 7. Der Herr machet arm und machet reich; er erniedriget und erhöhet.

Daniel 2, 21. Er ändert Zeit und Stunde; er setzet Könige ab und setzet Könige ein; er giebt den Weisen ihre Weisheit und den Verständigen ihren Verstand.

1 Mose 50, 20. Ihr gedachtet es böse mit mir zu machen, aber Gott gedachte es gut zu machen.

Matth. 6, 24—34. Niemand kann zween Herren dienen. Entweder er wird einen hassen und den andern lieben, oder er wird einem anhangen und den andern verachten. Ihr könnet nicht Gott dienen und dem Mammon. Darum sage ich euch: Sorget nicht für euer Leben, was ihr essen und trinken werdet, auch nicht für euern Leib, was ihr anziehen werdet. Ist nicht das Leben mehr, denn die Speise, und der Leib mehr, denn die Kleidung? Sehet die Vögel unter dem Himmel an: sie säen nicht, sie ernten nicht, sie sammeln nicht in die Scheunen, und euer himmlischer Vater nähret sie doch; seid ihr denn nicht viel mehr, denn sie? Wer ist unter euch, der seiner (Lebens-) Länge eine Elle zusetzen möge, ob er gleich darum sorget? Und warum sorget ihr für die Kleidung? Schauet die Lilien auf dem Felde, wie sie wachsen: sie arbeiten nicht, auch spinnen sie nicht. Ich sage euch, daß auch Salomo in aller seiner Herrlichkeit nicht bekleidet gewesen ist, als derselbigen eine. So denn Gott das Gras auf dem Felde also kleidet, das doch heute stehet und morgen in den Ofen geworfen wird, sollte er das nicht vielmehr euch thun? O ihr Kleingläubigen! Darum sollt ihr nicht sorgen und sagen: Was werden wir essen, was werden wir trinken, womit werden wir uns kleiden? Nach solchem allen trachten die Heiden. Denn euer himmlischer Vater weiß, daß ihr das alles bedürfet. Trachtet am ersten nach dem Reiche Gottes und nach seiner Gerechtigkeit, so wird euch solches alles zufallen. Darum sorget nicht für den andern Morgen, denn der morgende Tag wird für das Seine sorgen. Es ist genug, daß ein jeglicher Tag seine eigene Plage habe.

Matth. 10, 29 u. 30. Kauft man nicht zween Sperlinge um einen Pfennig? Noch fällt derselben keiner auf die Erde ohne euern Vater. Nun aber sind auch eure Haare auf dem Haupt alle gezählet.

* Welchen Nutzen bringt uns die Erkenntniß der Schöpfung und Vorsehung Gottes?

Daß wir in der Widerwärtigkeit geduldig, im Glück dankbar sind, und für's Zukünftige unsre feste Zuversicht auf unsern getreuen Gott und Vater setzen, daß keine Creatur uns von seiner Liebe scheiden wird, weil alle Creaturen also in seiner Hand sind, daß

2*

sie ohne seinen Willen nichts thun, auch sich nicht regen und bewegen können.

Psalm 37, 5. Befiehl dem Herrn deine Wege und hoffe auf ihn: er wird es wohl machen.

Psalm 73, 23 — 26. Dennoch bleibe ich stets an dir, denn du hältst mich bei meiner rechten Hand, du leitest mich nach deinem Rath und nimmst mich endlich mit Ehren an. Wenn ich nur dich habe, so frage ich nichts nach Himmel und Erde. Wenn mir gleich Leib und Seele verschmachten, so bist du doch, Gott, allezeit meines Herzens Trost und mein Theil.

Psalm 91, 1 u. 2. Wer unter dem Schirm des Höchsten sitzet und unter dem Schatten des Allmächtigen bleibet, der spricht zu dem Herrn: Meine Zuversicht und meine Burg, mein Gott, auf den ich hoffe.

Römer 12, 12. Seid fröhlich in Hoffnung, geduldig in Trübsal, haltet an am Gebet.

1 Thessal. 5, 18. Seid dankbar in allen Dingen, denn das ist der Wille Gottes in Christo Jesu an euch.

Psalm 118, 1. Danket dem Herrn, denn er ist freundlich und seine Güte währet ewiglich.

Psalm 103, 1 u. 2. Lobe den Herrn, meine Seele, und was in mir ist seinen heiligen Namen; lobe den Herrn, meine Seele, und vergiß nicht, was er dir Gutes gethan hat.

Ebräer 10, 35. Werfet euer Vertrauen nicht weg, welches eine große Belohnung hat.

Römer 8, 28. Wir wissen, daß denen, die Gott lieben, alle Dinge zum Besten dienen.

Ebräer 12, 6. Welchen der Herr lieb hat, den züchtiget er.

Ebräer 12, 11. Alle Züchtigung, wenn sie da ist, dünket sie uns nicht Freude, sondern Traurigkeit zu sein; aber darnach wird sie geben eine friedsame Frucht der Gerechtigkeit denen, die dadurch geübet sind.

Römer 5, 3 — 5. Wir rühmen uns auch der Trübsale, dieweil wir wissen, daß Trübsal Geduld bringet, Geduld aber bringet Erfahrung, Erfahrung aber bringet Hoffnung, Hoffnung aber läßt nicht zu Schanden werden.

Römer 8, 18. Ich halte dafür, daß dieser Zeit Leiden der Herrlichkeit nicht werth sei, die an uns soll geoffenbaret werden.

Von Gott dem Sohne.

15. Warum wird der Sohn Gottes Jesus, das ist
Seligmacher, genannt?

Darum, daß er uns selig macht von unsern
Sünden.

Matth. 1, 21. Sie wird einen Sohn gebären, deß Namen sollst
du Jesus heißen: denn er wird sein Volk selig machen von ihren
Sünden.

Luc. 19, 10. Des Menschen Sohn ist gekommen, zu suchen und
selig zu machen, das verloren ist.

1 Tim. 1, 15. Das ist je gewißlich wahr und ein theuer werthes
Wort, daß Christus Jesus gekommen ist in die Welt, die Sünder
selig zu machen.

Apostelg. 4, 12. Es ist in keinem andern Heil, ist auch kein anderer
Name den Menschen gegeben, darinnen wir sollen selig werden.

16. Woher weißt du's und bist's gewiß, daß er dich
selig macht?

Aus dem heiligen Evangelio, welches in den Ar-
tikeln des Glaubens begriffen ist.

Römer 1, 16. Ich schäme mich des Evangelii von Christo nicht,
denn es ist eine Kraft Gottes, die da selig machet Alle, die daran
glauben.

2 Timoth. 1, 12. Ich weiß, an welchen ich glaube, und bin
gewiß, daß er kann mir meine Beilage bewahren bis an jenen Tag.

17. Warum ist er Christus, das ist Gesalbter,
genannt?

Eben darum, daß er gesalbet ist, das heißt: von
Gott dem Vater verordnet und in die Welt gesandt
zu meinem rechten Propheten und Lehrer, zum
Hohenpriester, der sich für mich geopfert und
mich bei dem Vater vertritt, und zu meinem Könige.

der mich hier auf Erden regiert, bis er mich zu sich nehmen wird in Ewigkeit.

Jesaias 61, 1. Der Geist des Herrn Herrn ist über mir, darum hat mich der Herr gesalbet. Er hat mich gesandt, den Elenden zu predigen, die zerbrochenen Herzen zu verbinden; zu predigen den Gefangenen eine Erledigung, den Gebundenen eine Oeffnung; zu predigen ein gnädiges Jahr des Herrn.

Joh. 1, 41. Wir haben den Messias gefunden, welches ist verdollmetschet: der Gesalbte.

Joh. 4, 25. Ich weiß, daß der Messias kommt, der da Christus heißt. Wenn derselbige kommen wird, so wird er es uns Alles verkündigen.

5 Mose 18, 15. Einen Propheten, wie mich, wird der Herr dein Gott dir erwecken aus dir und aus deinen Brüdern: dem sollt ihr gehorchen.

Joh. 6, 14. Da nun die Menschen das Zeichen sahen, das Jesus that, sprachen sie: Das ist wahrlich der Prophet, der in die Welt kommen soll.

Matth. 7, 29. Er predigte gewaltig und nicht wie die Schriftgelehrten.

Joh. 7, 16 u. 17. Meine Lehre ist nicht mein, sondern deß, der mich gesandt hat. So Jemand will deß Willen thun, der wird inne werden, ob diese Lehre von Gott sei oder ob ich von mir selber rede.

Joh. 14, 6. Ich bin der Weg und die Wahrheit und das Leben; Niemand kommt zum Vater, denn durch mich.

Joh. 1, 18. Niemand hat Gott je gesehen; der eingeborne Sohn, der in des Vaters Schooße ist, der hat es uns verkündigt.

Matth. 11, 5. Die Blinden sehen und die Lahmen gehen, die Aussätzigen werden rein und die Tauben hören, die Todten stehen auf und den Armen wird das Evangelium gepredigt.

1 Petri 2, 21. Christus hat uns ein Vorbild gelassen, daß ihr sollt nachfolgen seinen Fußtapfen.

Psalm 110, 4. Der Herr hat geschworen und wird ihn nicht gereuen: du bist ein Priester ewiglich, nach der Weise Melchisedeks.

Ebräer 7, 26 u. 27. Einen solchen Hohenpriester mußten wir haben, der da wäre heilig, unschuldig, unbefleckt, von den Sündern abgesondert und höher, denn der Himmel ist.

1 Cor. 5, 7. Wir haben auch ein Osterlamm, das ist Christus, für uns geopfert.

Ebräer 10, 14. Mit einem Opfer hat er in Ewigkeit vollendet, die geheiliget werden.

Joh. 17, 9. Ich bitte für sie und bitte nicht für die Welt, sondern für die, die du mir gegeben hast, denn sie sind dein.

Ebräer 7, 24 u. 25. Dieser aber darum, daß er bleibet ewiglich, hat er ein unvergängliches Priesterthum; daher er auch selig machen kann, die durch ihn zu Gott kommen, und lebet immerdar und bittet für sie.

1 Joh. 2, 1. Meine Kindlein, solches schreibe ich euch, auf daß ihr nicht sündiget. Und ob Jemand sündiget, so haben wir einen Fürsprecher bei dem Vater, Jesum Christum, der gerecht ist.

Marc. 10, 16. Er herzte sie und legte die Hände auf sie und segnete sie.

Luc. 24, 50 u. 51. Er führete sie aber hinaus bis gen Bethanien und hob die Hände auf und segnete sie. Und es geschah; da er sie segnete, schied er von ihnen und fuhr auf gen Himmel.

Sacharjah 9, 9. Du Tochter Zion, freue dich sehr, und du Tochter Jerusalem, jauchze; siehe, dein König kommt zu dir, ein Gerechter und ein Helfer, arm und reitet auf einem Esel und auf einem jungen Füllen der Eselin.

Luc. 1, 33. Er wird König sein über das Haus Jakobs ewiglich, und seines Königreichs wird kein Ende sein.

Joh. 18, 36 u. 37. Jesus antwortete: Mein Reich ist nicht von dieser Welt. Wäre mein Reich von dieser Welt, meine Diener würden darob kämpfen, daß ich den Juden nicht überantwortet würde; aber nun ist mein Reich nicht von dannen. Da sprach Pilatus zu ihm: So bist du dennoch ein König? Jesus antwortete: Du sagst es, ich bin ein König. Ich bin dazu geboren und in die Welt gekommen, daß ich die Wahrheit zeugen soll. Wer aus der Wahrheit ist, der höret meine Stimme.

Offenb. Joh. 17, 14. Das Lamm ist ein Herr aller Herren und ein König aller Könige.

1 Cor. 15, 25. Er muß herrschen, bis daß er alle seine Feinde unter seine Füße lege.

Joh. 12, 26. Wo ich bin, da soll mein Diener auch sein.

Luc. 22, 29. Ich will euch das Reich bescheiden, wie mir's mein Vater beschieden hat.

* Warum heißt Christus Gottes eingeborener Sohn, da wir doch auch Kinder Gottes sind?

Weil Christus allein von Natur der ewige Sohn des ewigen Vaters ist, wir aber nur um seinetwillen, aus Gnaden, zu Kindern Gottes angenommen werden.

Col. 2, 9. In ihm wohnet die ganze Fülle der Gottheit leibhaftig.

Joh. 6, 68 u. 69. Herr, wohin sollen wir gehen? Du hast Worte des ewigen Lebens; und wir haben geglaubt und erkannt, daß du bist Christus, der Sohn des lebendigen Gottes.

Gal. 3, 26. Ihr seid alle Gottes Kinder durch den Glauben an Christo Jesu.

1 Joh. 3, 1. Sehet, welch eine Liebe hat uns der Vater erzeiget, daß wir Gottes Kinder sollen heißen!

Anmerkung. Die Worte: Gottes eingeborener Sohn bezeichnen die wahre und ewige Gottheit Jesu Christi, welche in der heiligen Schrift auf's Klarste bezeugt wird; denn es werden Christo beigelegt:

a) Göttliche Namen.

Jesaias 9, 6. Uns ist ein Kind geboren, ein Sohn ist uns gegeben, welches Herrschaft ist auf seiner Schulter; und er heißt: Wunder=Rath, Gott=Held, Ewig=Vater, Friede=Fürst.

Psalm 110, 1. Der Herr sprach zu meinem Herrn: Setze dich zu meiner Rechten, bis ich deine Feinde zum Schemel deiner Füße lege.

Maleachi 3, 1. Siehe, ich will meinen Engel senden, der vor mir her den Weg bereiten soll. Und bald wird kommen zu seinem Tempel der Herr, den ihr suchet, und der Engel des Bundes, deß ihr begehret. Siehe, er kommt, spricht der Herr Zebaoth.

Joh. 1, 1. Im Anfang war das Wort, und das Wort war bei Gott, und Gott war das Wort.

Joh. 20, 28. Thomas antwortete und sprach zu ihm: Mein Herr und mein Gott!

1 Joh. 5, 20. Dieser ist der wahrhaftige Gott und das ewige Leben.

Joh. 3, 16. Also hat Gott die Welt geliebt, daß er seinen eingeborenen Sohn gab, auf daß Alle, die an ihn glauben, nicht verloren werden, sondern das ewige Leben haben.

1 Joh. 4, 9. Daran ist erschienen die Liebe Gottes gegen uns, daß Gott seinen eingebornen Sohn gesandt hat in die Welt, daß wir durch ihn leben sollen.

Matth. 26, 63 u. 64. Der Hohepriester antwortete und sprach zu ihm: Ich beschwöre dich bei dem lebendigen Gott, daß du uns sagest, ob du seist Christus, der Sohn Gottes. Jesus sprach zu ihm: du sagst es.

b) Göttliche Eigenschaften.

Micha 5, 1. Und du Bethlehem Ephrata, die du klein bist unter den Tausenden in Juda, aus dir soll mir der kommen, der in Israel Herr sei, welches Ausgang von Anfang und von Ewigkeit her gewesen ist.

Joh. 8, 58. Jesus sprach zu ihnen: Wahrlich, wahrlich, ich sage euch: ehe denn Abraham ward, bin ich.

Joh. 17, 5. Und nun verkläre mich, du Vater, bei dir selbst, mit der Klarheit, die ich bei dir hatte, ehe die Welt war.

Matth. 28, 18. Mir ist gegeben alle Gewalt im Himmel und auf Erden.

Matth. 28, 20. Siehe, ich bin bei euch alle Tage bis an der Welt Ende.

Matth. 18, 20. Wo zween oder drei versammelt sind in meinem Namen, da bin ich mitten unter ihnen.

Joh. 21, 17. Herr, du weißt alle Dinge; du weißt, daß ich dich lieb habe.

Ebräer 13, 8. Jesus Christus, gestern und heute, und derselbe auch in Ewigkeit.

c) Göttliche Werke.

Joh. 1, 3. Alle Dinge sind durch dasselbige gemacht, und ohne dasselbige ist nichts gemacht, was gemacht ist.

Ebräer 1, 1 u. 2. Nachdem vor Zeiten Gott manchmal und mancherlei Weise geredet hat zu den Vätern durch die Propheten, hat er am letzten in diesen Tagen zu uns geredet durch den Sohn, welchen er gesetzet hat zum Erben über alles, durch welchen er auch die Welt gemacht hat.

Joh. 5, 36. Die Werke, die mir der Vater gegeben hat, daß ich sie vollende, dieselbigen Werke, die ich thue, zeugen von mir, daß mich der Vater gesandt habe.

Joh. 5, 21 u. 22. Wie der Vater die Todten auferwecket und macht sie lebendig, also auch der Sohn macht lebendig, welche er will. Denn der Vater richtet Niemand, sondern alles Gericht hat er dem Sohne übergeben.

d) Göttliche Verehrung.

Joh. 5, 23. Auf daß sie alle den Sohn ehren, wie sie den Vater ehren. Wer den Sohn nicht ehret, der ehret den Vater nicht, der ihn gesandt hat.

Matth. 2, 10 u. 11. Da sie den Stern sahen, wurden sie hoch erfreut und gingen in das Haus und fanden das Kindlein mit Maria, seiner Mutter, und fielen nieder und beteten es an, und thaten ihre Schätze auf und schenkten ihm Gold, Weihrauch und Myrrhen.

Apostelg. 7, 58 u. 59. Sie steinigten Stephanum, der anrief und sprach: Herr Jesu, nimm meinen Geist auf! Er kniete aber nieder und schrie laut: Herr, behalte ihnen diese Sünde nicht! Und als er das gesagt, entschlief er.

Offenb. Joh. 5, 12. Das Lamm, das erwürget ist, ist würdig, zu nehmen Kraft und Reichthum und Weisheit und Stärke und Ehre und Preis und Lob.

* Warum nennst du ihn unsern Herrn?

Weil er uns mit Leib und Seele von der Sünde und aus aller Gewalt des Teufels, nicht mit Gold oder Silber, sondern mit seinem theuern Blute, ihm zum Eigenthum erkauft und erlöset hat.

Marc. 10, 45. Des Menschen Sohn ist nicht gekommen, daß er ihm dienen lasse, sondern daß er diene und gebe sein Leben zur Bezahlung für Viele.

1 Cor. 7, 23. Ihr seid theuer erkauft; werdet nicht der Menschen Knechte.

Tit. 2, 14. Er hat sich selbst für uns gegeben, auf daß er uns erlösete von aller Ungerechtigkeit und reinigte ihm selbst ein Volk zum Eigenthum, das fleißig wäre zu guten Werken.

Joh. 13, 13. Ihr heißet mich Meister und Herr und saget recht daran, denn ich bin es auch.

1 Cor. 8, 6. Wir haben einen Gott, den Vater, von welchem alle Dinge sind, und wir in ihm; und einen Herrn, Jesum Christum, durch welchen alle Dinge sind, und wir durch ihn.

Römer 14, 9. Dazu ist Christus auch gestorben und auferstanden und wieder lebendig geworden, daß er über Todte und Lebendige Herr sei.

* Was heißt, daß er ist empfangen vom heiligen Geist, geboren von der Jungfrau Maria?

Daß der ewige Sohn Gottes, der wahrer und ewiger Gott ist und bleibet, wahre menschliche Natur, aus dem Fleisch und Blut der Jungfrau Maria, durch Wirkung des heiligen Geistes, an sich genommen hat, auf daß er auch der wahre Same Davids sei, seinen Brüdern in Allem gleich, ausgenommen die Sünde.

1 Mose 3, 15. Ich will Feindschaft setzen zwischen dir und dem Weibe, und zwischen deinem Samen und ihrem Samen. Derselbe soll dir den Kopf zertreten und du wirst ihn in die Ferse stechen.

1 Mose 26, 4. Durch deinen Samen sollen alle Völker auf Erden gesegnet werden.

Jesaias 11, 1 u. 2. Es wird eine Ruthe aufgehen von dem Stamme Isai und ein Zweig aus seiner Wurzel Frucht bringen; auf welchem wird ruhen der Geist des Herrn, der Geist der Weisheit und des Verstandes, der Geist des Raths und der Stärke, der Geist der Erkenntniß und der Furcht des Herrn.

Luc. 1, 35. Der Engel antwortete und sprach zu ihr: Der heilige Geist wird über dich kommen und die Kraft des Höchsten wird dich überschatten; darum auch das Heilige, das von dir geboren wird, wird Gottes Sohn genannt werden.

Anmerkung. Die Worte: empfangen vom heiligen Geist, geboren von der Jungfrau Maria, bezeichnen die wahre und vollkommene Menschheit Jesu Christi; diese besteht:

a) In seiner wirklichen Menschwerdung.

Luc. 2, 11. Euch ist heute der Heiland geboren, welcher ist Christus der Herr in der Stadt Davids.

Joh. 1, 14. Das Wort ward Fleisch und wohnete unter uns, und wir sahen seine Herrlichkeit, eine Herrlichkeit als des eingeborenen Sohnes vom Vater, voller Gnade und Wahrheit.

Ebräer 2, 14 u. 15. Nachdem nun die Kinder Fleisch und Blut haben, ist er es gleichermaßen theilhaftig geworden, auf daß er durch den Tod die Macht nähme dem, der des Todes Gewalt hatte, das ist dem Teufel, und erlösete die, so durch Furcht des Todes im ganzen Leben Knechte sein mußten.

Gal. 4, 4 u. 5. Da aber die Zeit erfüllet ward, sandte Gott seinen Sohn, geboren von einem Weibe und unter das Gesetz gethan; auf daß er die, so unter dem Gesetz waren, erlösete, daß wir die Kindschaft empfingen.

Matth. 11, 19. Des Menschen Sohn ist gekommen, isset und trinket.

1 Cor. 15, 21. Sintemal durch einen Menschen der Tod, und durch einen Menschen die Auferstehung der Todten kommt.

1 Cor. 15, 47. Der erste Mensch ist von der Erde und irdisch; der andere Mensch ist der Herr vom Himmel.

b) In seiner vollkommenen Sündlosigkeit.

Joh. 8, 46. Welcher unter euch kann mich einer Sünde zeihen?

Joh. 4, 34. Meine Speise ist die, daß ich thue den Willen deß, der mich gesandt hat, und vollende sein Werk.

Joh. 1, 29. Siehe, das ist Gottes Lamm, welches der Welt Sünde trägt.

2 Cor. 5, 21. Gott hat den, der von keiner Sünde wußte, für uns zur Sünde gemacht, auf daß wir würden in ihm die Gerechtigkeit, die vor Gott gilt.

1 Petri 2, 22. Welcher keine Sünde gethan hat, ist auch kein Betrug in seinem Munde erfunden.

Ebräer 4, 15. Wir haben nicht einen Hohenpriester, der nicht könnte Mitleid haben mit unserer Schwachheit, sondern der versucht ist allenthalben gleichwie wir, doch ohne Sünde.

* Was verstehest du durch das Wörtlein: gelitten?

Daß er an Leib und Seele, die ganze Zeit seines Lebens auf Erden, sonderlich aber am Ende desselben, den Zorn Gottes wider die Sünde des ganzen menschlichen Geschlechts getragen hat, auf daß er mit seinem Leiden, als mit dem einigen Sühnopfer, unsern Leib und Seele von der ewigen Verdammniß erlösete und uns Gottes Gnade, Gerechtigkeit und ewiges Leben erwürbe.

Jesaias 53, 4 u. 5. Fürwahr, er trug unsere Krankheit und lud auf sich unsere Schmerzen. Wir aber hielten ihn für den, der geplagt und von Gott geschlagen und gemartert wäre. Aber er ist um unserer Missethat willen verwundet und um unserer Sünde willen zerschlagen. Die Strafe liegt auf ihm, auf daß wir Frieden hätten, und durch seine Wunden sind wir geheilet.

Matth. 8, 20. Die Füchse haben Gruben und die Vögel unter dem Himmel haben Nester; aber des Menschen Sohn hat nicht, da er sein Haupt hinlege.

Joh. 15, 18. So euch die Welt hasset, so wisset, daß sie mich vor euch gehasset hat.

Luc. 19, 41. Und als er nahe hinzu kam, sah er die Stadt an und weinete über sie.

1 Petri 2, 24. Welcher unsere Sünden selbst geopfert hat an seinem Leibe auf dem Holz, auf daß wir, der Sünde abgestorben, der Gerechtigkeit leben; durch welches Wunden ihr seid heil geworden.

Matth. 26, 38. Da sprach Jesus zu ihnen: Meine Seele ist betrübt bis an den Tod.

Ebräer 5, 8. Wiewohl er Gottes Sohn war, hat er doch an dem, das er litt, Gehorsam gelernt.

1 Joh. 2, 2. Derselbige ist die Versöhnung für unsere Sünden; nicht allein aber für die unseren, sondern auch für die der ganzen Welt.

1 Joh. 1, 7. Das Blut Jesu Christi, des Sohnes Gottes, macht uns rein von aller Sünde.

* Ist es etwas mehr, daß er ist gekreuzigt worden, denn so er eines anderen Todes gestorben wäre?

Ja, denn dadurch bin ich gewiß, daß er die Vermaledeiung, die auf mir lag, auf sich geladen habe, dieweil der Tod des Kreuzes von Gott verfluchet war.

Gal. 3, 10. Die mit des Gesetzes Werken umgehen, die sind unter dem Fluch; denn es stehet geschrieben: Verflucht sei Jedermann, der nicht bleibet in alle dem, das geschrieben steht im Buch des Gesetzes, daß er es thue.

Gal. 3, 13. Christus aber hat uns erlöset von dem Fluch des Gesetzes, da er ward ein Fluch für uns; denn es stehet geschrieben: Verflucht ist Jedermann, der am Holze hänget.

1 Cor. 1, 23. Wir predigen den gekreuzigten Christum, den Juden ein Aergerniß und den Griechen eine Thorheit.

* Warum hat Christus den Tod müssen leiden?

Darum, daß von wegen der Gerechtigkeit und Wahrheit Gottes nicht anders für unsere Sünde möchte bezahlt werden, denn durch den Tod des Sohnes Gottes.

1 Mose 2, 17. Welches Tages du davon issest, wirst du des Todes sterben.

Sacharjah 13, 7. Schwert, mache dich auf über meinen Hirten und über den Mann, der mir der nächste ist, spricht der Herr Zebaoth. Schlage den Hirten, so wird die Heerde sich zerstreuen, so will ich meine Hand kehren zu den Kleinen.

2 Cor. 5, 14. Sintemal wir halten, daß, so Einer für alle gestorben ist, so sind sie alle gestorben.

Römer 5, 8—10. Darum preiset Gott seine Liebe gegen uns, daß Christus für uns gestorben ist, da wir noch Sünder waren. So werden wir denn vielmehr durch ihn behalten werden vor dem Zorn, nachdem wir durch sein Blut gerecht geworden sind. Denn so wir Gott versöhnet sind durch den Tod seines Sohnes, da wir noch Feinde waren; vielmehr werden wir selig werden durch sein Leben, so wir nun versöhnet sind.

* Warum ist er begraben worden?

Um damit zu bezeugen, daß er wahrhaftig gestorben sei.

1 Cor. 15, 3 u. 4. Ich habe euch zuvörderst gegeben, welches
ich auch empfangen habe, daß Christus gestorben sei für unsere
Sünden, nach der Schrift, und daß er begraben sei, und daß er
auferstanden sei am dritten Tage, nach der Schrift.

* Warum wird hinzugefügt: abgestiegen zur Hölle?

Daß ich in meinen höchsten Anfechtungen versichert sei, mein Herr Christus habe mich durch seine
unaussprechliche Angst, Schmerzen und Schrecken, die
er auch an seiner Seele am Kreuz und zuvor erlitten,
von der höllischen Angst und Pein erlöset.

Luc. 12, 50. Ich muß mich taufen lassen mit einer Taufe und
wie ist mir so bange, bis sie vollendet werde!

Matth. 27, 46. Um die neunte Stunde schrie Jesus laut und
sprach: Eli, Eli, lama asabthani? das ist: Mein Gott, mein Gott,
warum hast du mich verlassen?

1 Cor. 15, 55 u. 57. Der Tod ist verschlungen in den Sieg. Tod,
wo ist dein Stachel? Hölle, wo ist dein Sieg? Gott aber sei Dank,
der uns den Sieg gegeben hat durch unsern Herrn Jesum Christum.

1 Petri 3, 18 u. 19. Sintemal auch Christus einmal für unsere
Sünden gelitten hat, der Gerechte für die Ungerechten, auf daß er
uns Gott opferte; und ist getödtet nach dem Fleisch, aber lebendig
gemacht nach dem Geist; in demselbigen ist er auch hingegangen und
hat geprediget den Geistern im Gefängniß.

1 Petri 4, 6. Denn dazu ist auch den Todten das Evangelium
verkündiget, auf daß sie gerichtet werden nach dem Menschen am
Fleisch, aber im Geist Gotte leben.

* Was nützet uns die Auferstehung Christi?

Erstlich hat er durch seine Auferstehung den Tod
überwunden, daß er uns der Gerechtigkeit, die er uns
durch seinen Tod erworben hat, könne theilhaftig
machen. Zum Andern werden wir auch jetzunder

durch seine Kraft erwecket zu einem neuen Leben. Zum Dritten ist uns die Auferstehung Christi ein gewisses Pfand unserer seligen Auferstehung.

2 Tim. 1, 10. Christus hat dem Tode die Macht genommen und das Leben und ein unvergängliches Wesen an das Licht gebracht.

Römer 4, 25. Welcher ist um unserer Sünde willen dahingegeben und um unserer Gerechtigkeit willen auferwecket.

Römer 6, 4. So sind wir denn mit ihm begraben durch die Taufe in den Tod, auf daß, gleichwie Christus ist auferwecket von den Todten durch die Herrlichkeit des Vaters, also sollen auch wir in einem neuen Leben wandeln.

Gal. 2, 20. Ich lebe; doch nun nicht ich, sondern Christus lebet in mir; denn was ich jetzt lebe im Fleisch, das lebe ich im Glauben des Sohnes Gottes, der mich geliebet hat und sich selbst für mich dargegeben.

1 Cor. 15, 20—22. Nun aber ist Christus auferstanden von den Todten und der Erstling geworden unter denen, die da schlafen. Sintemal durch einen Menschen der Tod und durch einen Menschen die Auferstehung der Todten kommt. Denn gleichwie sie in Adam alle sterben, also werden sie in Christo alle lebendig gemacht werden.

1 Petri 1, 3 u. 4. Gelobet sei Gott und der Vater unseres Herrn Jesu Christi, der uns nach seiner großen Barmherzigkeit wiedergeboren hat zu einer lebendigen Hoffnung durch die Auferstehung Jesu Christi von den Todten, zu einem unvergänglichen und unbefleckten und unverwelklichen Erbe, das behalten wird im Himmel.

* Was nützet uns die Himmelfahrt Christi?

Erstlich, daß er im Himmel vor dem Angesicht seines Vaters unser Fürsprecher ist. Zum Andern, daß wir unser Fleisch im Himmel zu einem sicheren Pfand haben, daß er, als das Haupt, uns, seine Glieder, auch zu sich werde hinaufnehmen. Zum Dritten, daß er uns seinen Geist als Gegenpfand herabsendet, durch welches Kraft wir suchen was droben ist, da Christus ist, sitzend zur Rechten Gottes, und nicht das auf Erden ist.

Ebräer 9, 24. Christus ist nicht eingegangen in ein Heiligthum, so mit Händen gemacht ist, das Gegenbild des wahrhaftigen; sondern in den Himmel selbst, um zu erscheinen vor dem Angesichte Gottes für uns.

1 Joh. 2, 1. Meine Kindlein, solches schreibe ich euch, auf daß ihr nicht sündiget. Und ob Jemand sündiget, so haben wir einen Fürsprecher bei dem Vater, Jesum Christum, der gerecht ist.

Joh. 14, 2 u. 3. In meines Vaters Hause sind viele Wohnungen. Wenn es nicht so wäre, dann sagte ich's euch. Ich gehe hin, euch die Stätte zu bereiten. Und wenn ich hingehe, euch die Stätte zu bereiten, will ich wiederkommen und euch zu mir nehmen, auf daß ihr seid, wo ich bin.

Joh. 17, 24. Vater, ich will, daß, wo ich bin, auch die bei mir seien, die du mir gegeben hast, daß sie meine Herrlichkeit sehen.

2 Cor. 1, 21 u. 22. Gott ist es, der uns befestiget sammt euch in Christum, und uns gesalbet und versiegelt und in unsere Herzen das Pfand, den Geist, gegeben hat.

Col. 3, 1 u. 2. Seid ihr nun mit Christo auferstanden, so suchet, was droben ist, da Christus ist, sitzend zu der Rechten Gottes. Trachtet nach dem, das droben ist, nicht nach dem, das auf Erden ist.

* Warum wird hinzugesetzt, daß er sitze zu der Rechten Gottes?

Daß Christus darum gen Himmel gefahren ist, daß er sich daselbst erzeige als das Haupt seiner christlichen Kirche, durch welches der Vater Alles regieret.

Marc. 16, 19. Und der Herr, nachdem er mit ihnen geredet hatte, ward er aufgehoben gen Himmel und sitzet zur rechten Hand Gottes.

Ebräer 8, 1. Wir haben einen solchen Hohenpriester, der da sitzet zu der Rechten auf dem Stuhl der Majestät im Himmel.

1 Petri 3, 22. Welcher ist zur Rechten Gottes in den Himmel gefahren, und sind ihm unterthan die Engel und die Gewaltigen und die Kräfte.

Epheser 1, 22 u. 23. Gott hat alle Dinge unter seine Füße gethan und hat ihn gesetzt zum Haupt der Gemeine über Alles, welche da ist sein Leib, nämlich die Fülle deß, der Alles in Allem erfüllet.

* Was nützet uns diese Herrlichkeit unseres Hauptes Christi?

Erstlich, daß er durch seinen heiligen Geist in uns, seine Glieder, die himmlischen Gaben ausgießt. Darnach, daß er uns mit seiner Gewalt wider alle Feinde schützet und erhält.

Epheser 4, 8. Er ist aufgefahren in die Höhe und hat das Gefängniß gefangen geführt und hat den Menschen Gaben gegeben.

Apostelg. 2, 33. Nun er durch die Rechte Gottes erhöhet ist und empfangen hat die Verheißung des heiligen Geistes vom Vater, hat er ausgegossen dies, das ihr sehet und höret.

1 Cor. 15, 25—27. Er muß herrschen, bis daß er alle seine Feinde unter seine Füße lege. Der letzte Feind, der aufgehoben wird, ist der Tod. Denn er hat ihm alles unter seine Füße gethan.

Joh. 16, 33. In der Welt habt ihr Angst; aber seid getrost, ich habe die Welt überwunden.

* Was tröstet dich die Wiederkunft Christi, zu richten die Lebendigen und die Todten?

Daß ich in aller Trübsal und Verfolgung mit aufgerichtetem Haupt eben des Richters, der sich zuvor dem Gerichte Gottes für mich dargestellt und alle Vermaledeiung von mir hinweggenommen hat, aus dem Himmel gewärtig bin, daß er alle seine und meine Feinde in die ewige Verdammniß werfe, mich aber sammt allen Auserwählten zu sich in die himmlische Freude und Herrlichkeit nehme.

Apostelg. 1, 10 u. 11. Und als sie ihm nachsahen gen Himmel fahrend, siehe, da standen bei ihnen zween Männer in weißen Kleidern, welche auch sagten: Ihr Männer von Galiläa, was stehet ihr und sehet gen Himmel? Dieser Jesus, welcher von euch ist aufgenommen gen Himmel, wird kommen, wie ihr ihn gesehen habt gen Himmel fahren.

2 Cor. 5, 10. Wir müssen alle offenbar werden vor dem Richter-
stuhle Christi, auf daß ein jeglicher empfange, nachdem er gehandelt
hat bei Leibes Leben, es sei gut oder böse.

Joh. 5, 24. Wahrlich, wahrlich, ich sage euch: Wer mein Wort
höret und glaubet dem, der mich gesandt hat, der hat das ewige
Leben und kommt nicht in das Gericht, sondern er ist vom Tode
zum Leben hindurchgedrungen.

Tit. 2, 11—13. Denn es ist erschienen die heilsame Gnade
Gottes allen Menschen und züchtiget uns, daß wir sollen verleugnen
das ungöttliche Wesen und die weltlichen Lüste, und züchtig, gerecht
und gottselig leben in dieser Welt, und warten auf die selige Hoffnung und Erscheinung der Herrlichkeit des großen Gottes und unseres Heilandes Jesu Christi.

Matth. 25, 34, 41 u. 46. Dann wird der König sagen zu denen
zu seiner Rechten: Kommt her, ihr Gesegneten meines Vaters, er-
erbet das Reich, das euch bereitet ist von Anbeginn der Welt. Dann
wird er auch sagen zu denen zur Linken: Gehet hin von mir, ihr Verfluchten, in das ewige Feuer, das bereitet ist dem Teufel und seinen
Engeln. Und sie werden in die ewige Pein gehen; aber die Gerechten in das ewige Leben.

Von Gott dem heiligen Geiste.

18. Was glaubst du von dem heiligen Geist?

Erstlich, daß er gleich ewiger Gott mit dem Vater
und dem Sohne ist. Zum Andern, daß er auch mir
gegeben ist als der rechte Tröster, der mich heiligt,
den Glauben an Christus, das Gebet und alle Früchte
des Glaubens in mir pflanzt und erweckt.

Apostelg. 5, 3 u. 4. Petrus aber sprach: Anania, warum hat
der Satan dein Herz erfüllet, daß du dem heiligen Geiste lögest? —
Du hast nicht Menschen sondern Gott gelogen.

Ephes. 4, 30. Betrübet nicht den heiligen Geist Gottes, damit
ihr versiegelt seid auf den Tag der Erlösung.

Apostelg. 1, 8. Ihr werdet die Kraft des heiligen Geistes empfangen, welcher auf euch kommen wird, und werdet meine Zeugen

3*

sein zu Jerusalem und in ganz Judäa und Samaria und bis an das Ende der Erde.

Joh. 14, 16. Ich will den Vater bitten und er soll euch einen andern Tröster geben, daß er bei euch bleibe ewiglich.

Joh. 16, 13. Wenn aber jener, der Geist der Wahrheit, kommen wird, der wird euch in alle Wahrheit leiten.

Apostelg. 2, 38 u. 39. Thut Buße und lasse sich ein Jeglicher taufen auf den Namen Jesu Christi zur Vergebung der Sünden, so werdet ihr empfangen die Gabe des heiligen Geistes; denn euer und eurer Kinder ist diese Verheißung und Aller, die ferne sind, welche Gott, unser Herr, herzurufen wird.

1 Cor. 6, 11. Ihr seid abgewaschen, ihr seid geheiligt, ihr seid gerecht geworden durch den Namen des Herrn Jesu und durch den Geist unseres Gottes.

1 Cor. 3, 16. Wisset ihr nicht, daß ihr Gottes Tempel seid und der Geist Gottes in euch wohnet?

1 Cor. 12, 3. Niemand kann Jesum einen Herrn heißen, ohne durch den heiligen Geist.

Römer 8, 14 u. 16. Welche der Geist Gottes treibet, die sind Gottes Kinder. Derselbige Geist giebt Zeugniß unserm Geiste, daß wir Gottes Kinder sind.

Römer 8, 26. Der Geist hilft unserer Schwachheit auf; denn wir wissen nicht, was wir beten sollen, wie sichs gebühret; sondern der Geist selbst vertritt uns aufs Beste mit unaussprechlichem Seufzen.

Gal. 5, 22. Die Frucht des Geistes ist Liebe, Freude, Friede, Geduld, Freundlichkeit, Gütigkeit, Glaube, Sanftmuth, Keuschheit.

* Was glaubst du von der heiligen, allgemeinen, christlichen Kirche?

Daß der Sohn Gottes aus dem ganzen menschlichen Geschlecht sich eine auserwählte Gemeine zum ewigen Leben, durch seinen Geist und sein Wort, in Einigkeit des wahren Glaubens, von Anbeginn der Welt bis an's Ende, versammle, schütze und erhalte, und daß ich derselben ein lebendiges Glied bin und ewig bleiben werde.

Apostelg. 2, 41 u. 42. Die nun sein Wort gern annahmen, ließen sich taufen, und wurden hinzugethan an dem Tage bei drei tausend Seelen. Sie blieben aber beständig in der Apostel Lehre und in der Gemeinschaft und im Brotbrechen und im Gebet.

1 Cor. 3, 11. Einen andern Grund kann Niemand legen außer dem, der gelegt ist, welcher ist Jesus Christus.

Ephes. 2, 19—22. So seid ihr nun nicht mehr Gäste und Fremdlinge, sondern Bürger mit den Heiligen und Gottes Hausgenossen, erbaut auf den Grund der Apostel und Propheten, da Jesus Christus der Eckstein ist, auf welchem der ganze Bau in einander gefüget, wächset zu einem heiligen Tempel in dem Herrn, auf welchem auch ihr mit erbauet werdet zu einer Behausung Gottes im Geist.

Ephes. 1, 22. Gott hat alle Dinge unter seine Füße gethan und hat ihn gesetzt zum Haupt der Gemeine über Alles, welche da ist sein Leib, nämlich die Fülle deß, der Alles in Allem erfüllet.

Ephes. 4, 3—6. Seid fleißig, zu halten die Einigkeit im Geist durch das Band des Friedens. Ein Leib und Ein Geist, wie ihr auch berufen seid auf einerlei Hoffnung eures Berufes. Ein Herr, Ein Glaube, Eine Taufe, Ein Gott und Vater Aller, der da ist über euch alle und durch euch alle und in euch allen.

Joh. 10, 16. Ich habe noch andere Schafe, die sind nicht aus diesem Stalle. Und dieselbigen muß ich herführen, und sie werden meine Stimme hören, und wird Eine Heerde und Ein Hirte werden.

* Was verstehst du unter der Gemeinschaft der Heiligen?

Erstlich, daß alle und jede Gläubigen als Glieder an dem Herrn Christo und allen seinen Schätzen und Gaben Gemeinschaft haben. Zum Andern, daß ein Jeder seine Gaben zu Nutz und Heil der andern Glieder willig und mit Freuden anzulegen sich schuldig wissen soll.

1 Joh. 1, 3. Was wir gesehen und gehöret haben, das verkünbigen wir euch, auf daß auch ihr mit uns Gemeinschaft habet und unsere Gemeinschaft sei mit dem Vater und mit seinem Sohne Jesu Christo.

Joh. 15, 5. Ich bin der Weinstock und ihr seid die Reben. Wer in mir bleibet und ich in ihm, der bringet viele Frucht; denn ohne mich könnet ihr nichts thun.

Römer 12, 4 u. 5. Gleicher Weise, als wir in einem Leibe viele Glieder haben, aber alle Glieder nicht einerlei Geschäfte haben, also sind wir Viele ein Leib in Christo, und unter einander ist Einer des Andern Glied.

1 Petri 4, 10. Dienet einander, ein Jeglicher mit der Gabe, die er empfangen hat, als die guten Haushalter der mancherlei Gnade Gottes.

* Was glaubst du von der Vergebung der Sünden?

Daß Gott um der Genugthuung Christi willen aller meiner Sünde, auch der sündlichen Art, mit der ich mein Lebenlang zu streiten habe, nimmermehr gedenken will, sondern mir die Gerechtigkeit Christi aus Gnaden schenket, daß ich in's Gericht nimmermehr soll kommen.

Jesaias 43, 24 u. 25. Ja mir hast du Arbeit gemacht in deinen Sünden und hast mir Mühe gemacht in deinen Missethaten. Ich, ich tilge deine Uebertretung um meinetwillen und gedenke deiner Sünden nicht.

Jerem. 31, 34. Ich will ihnen ihre Missethat vergeben und ihrer Sünde nicht mehr gedenken.

2 Cor. 5, 19. Gott war in Christo und versöhnete die Welt mit ihm selber und rechnete ihnen ihre Sünden nicht zu und hat unter uns aufgerichtet das Wort von der Versöhnung.

Ephes. 1, 7. An welchem wir haben die Erlösung durch sein Blut, nämlich die Vergebung der Sünden, nach dem Reichthum seiner Gnade.

1 Joh. 1, 8 u. 9. So wir sagen, wir haben keine Sünde, so verführen wir uns selbst und die Wahrheit ist nicht in uns. So wir aber unsere Sünden bekennen, so ist er treu und gerecht, daß er uns die Sünden vergiebt und reiniget uns von aller Untugend.

Römer 8, 1. So ist nun nichts Verdammliches an denen, die in Christo Jesu sind, die nicht nach dem Fleisch wandeln, sondern nach dem Geist.

Joh. 3, 17 u. 18. Gott hat seinen Sohn nicht gesandt in die Welt, daß er die Welt richte, sondern daß die Welt durch ihn selig werde. Wer an ihn glaubet, der wird nicht gerichtet; wer aber nicht glaubet, der ist schon gerichtet, denn er glaubet nicht an den Namen des eingebornen Sohnes Gottes.

* Was tröstet dich die Auferstehung des Fleisches?

Daß nicht allein meine Seele nach diesem Leben alsbald zu Christo, ihrem Haupt, genommen wird, sondern auch, daß dies mein Fleisch, durch die Kraft Christi auferweckt, wieder mit meiner Seele vereinigt und dem herrlichen Leibe Christi gleichförmig werden soll.

Joh. 5, 28 u. 29. Es kommt die Stunde, in welcher alle, die in den Gräbern sind, werden seine Stimme hören, und werden hervorgehen, die da Gutes gethan haben, zur Auferstehung des Lebens, die aber Uebels gethan haben, zur Auferstehung des Gerichts.

1 Cor. 15, 42 u. 43. Also auch die Auferstehung der Todten. Es wird gesäet verweslich und wird auferstehen unverweslich; es wird gesäet in Unehre und wird auferstehen in Herrlichkeit; es wird gesäet in Schwachheit und wird auferstehen in Kraft; es wird gesäet ein natürlicher Leib und wird auferstehen ein geistlicher Leib.

Phil. 3, 20 u. 21. Unser Wandel ist im Himmel, von dannen wir auch warten des Heilandes Jesu Christi, des Herrn, welcher unsern nichtigen Leib verklären wird, daß er ähnlich werde seinem verklärten Leibe, nach der Wirkung, damit er kann auch alle Dinge ihm unterthänig machen.

* Was tröstet dich der Artikel vom ewigen Leben?

Daß, nachdem ich jetzunder den Anfang der ewigen Freude in meinem Herzen empfinde, ich nach diesem Leben vollkommene Seligkeit besitzen werde, die kein Auge gesehen, kein Ohr gehöret und in keines Menschen Herz nie gekommen ist, Gott ewiglich darin zu preisen.

Römer 8, 24. Wir sind wohl selig, doch in der Hoffnung.

2 Cor. 5, 7 u. 8. Wir wandeln im Glauben und nicht im Schauen; wir sind aber getrost und haben vielmehr Lust, außer dem Leibe zu wallen und daheim zu sein bei dem Herrn.

1 Joh. 3, 2. Meine Lieben, wir sind nun Gottes Kinder und ist noch nicht erschienen, was wir sein werden; wir wissen aber, wenn es erscheinen wird, daß wir ihm gleich sein werden, denn wir werden ihn sehen, wie er ist.

Offenb. Joh. 21, 4. Gott wird abwischen alle Thränen von ihren Augen, und der Tod wird nicht mehr sein, noch Leid, noch Geschrei, noch Schmerzen wird mehr sein; denn das Erste ist vergangen.

1 Cor. 2, 9. Das kein Auge gesehen hat und kein Ohr gehöret hat und in keines Menschen Herz gekommen ist, das hat Gott bereitet denen, die ihn lieben.

* Was nützet es dir nun, wenn du dies Alles glaubest?

Daß ich in Christo vor Gott gerecht und ein Erbe des ewigen Lebens bin.

Römer 10, 4. Christus ist des Gesetzes Ende; wer an den glaubt, der ist gerecht.

Joh. 3, 36. Wer an den Sohn glaubet, der hat das ewige Leben. Wer dem Sohne nicht glaubet, der wird das Leben nicht sehen, sondern der Zorn Gottes bleibet über ihm.

19. Wie bist du gerecht vor Gott?

Allein durch wahren Glauben an Jesum Christum, durch welchen mir meine Sünden vergeben sind, also, daß allein die Genugthuung Jesu Christi meine Gerechtigkeit vor Gott ist und ich dieselbe allein durch den Glauben annehmen kann.

Römer 3, 22—24. Ich sage aber von solcher Gerechtigkeit vor Gott, die da kommt durch den Glauben an Jesum Christ zu Allen und auf Alle, die da glauben. Denn es ist hier kein Unterschied; sie sind allzumal Sünder und mangeln des Ruhms, den sie an Gott haben sollten, und werden ohne Verdienst gerecht aus seiner Gnade durch die Erlösung, so durch Jesum Christum geschehen ist.

Ephes. 2, 8 u. 9. Aus Gnaden seid ihr selig geworden, durch den Glauben, und dasselbige nicht aus euch, Gottes Gabe ist es; nicht aus den Werken, auf daß sich nicht Jemand rühme.

Römer 5, 1. Nun wir denn sind gerecht geworden durch den Glauben, so haben wir Frieden mit Gott durch unsern Herrn Jesum Christum.

20. Was ist wahrer Glaube?

Eine gewisse Erkenntniß des göttlichen und väterlichen Willens gegen uns und ein fest Vertrauen auf seine gnädige Zusage durch Christum unsern Heiland.

1 Tim. 2, 4. Gott will, daß allen Menschen geholfen werde und sie zur Erkenntniß der Wahrheit kommen.

Ebräer 11, 1. Es ist aber der Glaube eine gewisse Zuversicht deß, das man hoffet, und nicht zweifelt an dem, das man nicht siehet.

21. Warum können aber unsere guten Werke nicht die Gerechtigkeit vor Gott oder ein Stück derselben sein?

Darum, daß auch unsre besten Werke in diesem Leben allhier unvollkommen und mit Sünden befleckt sind.

Jesaias 64, 6. Wir sind allesammt wie die Unreinen, und alle unsere Gerechtigkeit ist wie ein unfläthiges Kleid.

Jacob. 2, 10. So Jemand das ganze Gesetz hält und sündiget an einem, der ist es ganz schuldig.

22. Verdienen aber unfre guten Werke nichts, so sie doch Gott in diesem und dem zukünftigen Leben will belohnen?

Diese Belohnung geschieht nicht aus Verdienst, sondern aus Gnaden.

Marc. 9, 41. Wer euch tränket mit einem Becher Wasser in meinem Namen, darum daß ihr Christo angehöret, wahrlich, ich sage euch, es wird ihm nicht unvergolten bleiben.

Luc. 17, 10. Also auch ihr: Wenn ihr Alles gethan habt, was euch befohlen ist, so sprechet: wir sind unnütze Knechte; wir haben gethan, was wir zu thun schuldig waren.

Von den heiligen Sacramenten.

23. Was sind Sacramente?

Es sind sichtbare, göttliche Wahrzeichen und Siegel, an die Verheißung des Evangeliums gehängt, uns zu versichern, daß uns Gott von wegen des einigen Opfers Christi, am Kreuz vollbracht, Vergebung der Sünden und ewiges Leben aus Gnaden schenkt.

Römer 4, 11. Das Zeichen der Beschneidung empfing er zum Siegel der Gerechtigkeit des Glaubens.

24. Weisen denn beide, das Wort und die Sacramente, auf einerlei Christum und einerlei Grund der Seligkeit?

Ja freilich, denn Christi wahrer Leib, für uns gegeben, ist der rechte Schatz des Evangelii und der heiligen Sacramente.

1 Cor. 2, 2. Ich hielt mich nicht dafür, daß ich etwas wüßte unter euch, ohne allein Jesum Christum, den Gekreuzigten.

Römer 6, 3. Wisset ihr nicht, daß Alle, die wir in Jesum Christ getaufet sind, die sind in seinen Tod getauft?.

Matth. 26, 26—28. Da sie aber aßen, nahm Jesus das Brot, dankte und brach es und gab es den Jüngern und sprach: Nehmet, esset, das ist mein Leib. Und er nahm den Kelch und dankte, gab ihnen den und sprach: Trinket Alle daraus; das ist mein Blut des neuen Testaments, welches vergossen wird für Viele zur Vergebung der Sünden.

25. Wie viel Sacramente hat Christus im neuen Testamente eingesetzt?

Zwei: die heilige Taufe und das heilige Abendmahl.

Von der heiligen Taufe.

26. Was ist denn die heilige Taufe?

Es ist nicht ein schlechtes Wasserbad, sondern ein Sacrament und göttlich Wahrzeichen des neuen Testaments, welches mich versichert, daß ich sei ein Glied der christlichen Gemeinde; und wie ich äußerlich mit Wasser besprenget bin, also wasche und reinige mich Christus innerlich durch sein Blut von aller Sünde, und wiedergebäre mich zur Kindschaft Gottes und zu einem neuen Leben.

Apostelg. 2, 41. Die nun sein Wort gerne annahmen, ließen sich taufen; und wurden hinzugethan an dem Tage bei drei tausend Seelen.

Apostelg. 22, 16. Stehe auf und laß dich taufen und abwaschen deine Sünden.

1 Cor. 6, 11. Ihr seid abgewaschen, ihr seid geheiliget, ihr seid gerecht geworden durch den Namen des Herrn Jesu und durch den Geist unseres Gottes.

Gal. 3, 27. Wie viele euer getauft sind, die haben Christum angezogen.

27. Wo hat Christus das verheißen?

In der Einsetzung der Taufe, welche also lautet: Gehet hin in alle Welt und lehret alle Völker und

taufet sie im Namen des Vaters, des Sohnes und
des heiligen Geistes (Matth. 28, 19), und: Wer da
glaubet und getauft wird, der wird selig werden;
wer aber nicht glaubet, der wird verdammet werden
(Marc. 16, 16). Diese Verheißung wird auch wiederholt, da die Schrift die Taufe das Bad der Wiedergeburt und die Abwaschung der Sünden nennt.

Tit. 3, 3—6. Da erschien die Freundlichkeit und Leutseligkeit
Gottes, unseres Heilandes, nicht um der Werke willen der Gerechtigkeit, die wir gethan hatten, sondern nach seiner Barmherzigkeit machte
er uns selig durch das Bad der Wiedergeburt und Erneuerung des
heiligen Geistes, welchen er ausgegossen hat über uns reichlich durch
Jesum Christum unsern Heiland.

28. Soll man auch die jungen Kinder taufen?

Ja, denn sie sowohl als die Alten gehören in den
Bund Gottes und seine Gemeinde.

Jesaias 54, 10. Es sollen wohl Berge weichen und Hügel hinfallen, aber meine Gnade soll nicht von dir weichen und der Bund
meines Friedens soll nicht hinfallen, spricht der Herr, dein Erbarmer.

Marc. 10, 14. Lasset die Kindlein zu mir kommen und wehret
ihnen nicht, denn solcher ist das Reich Gottes.

Apostelg. 16, 33. Er ließ sich taufen und alle die Seinen.

Von dem heiligen Abendmahle Jesu Christi.

29. Was ist das heilige Abendmahl?

Es ist das andere Sacrament oder göttliche Wahrzeichen des neuen Testaments, für die eingesetzt, die
in Christo wachsen und zunehmen, da der Herr nicht
schlecht Brot und Wein darreicht, sondern vielmehr
bezeuget und versichert, daß er seinen Leib für uns
in den Tod gegeben, zur Vergebung unsrer Sünden,

und eben mit demselbigen Leib und mit seinem ver=
gossenen Blut unsere Seelen zum ewigen Leben
speiset und tränket.

Apostelg. 2, 42. Sie blieben aber beständig in der Apostel Lehre
und in der Gemeinschaft und im Brotbrechen und im Gebet.

30. Wie lauten denn die Worte der Einsetzung?

1 Cor. 11, 23—26. Ich habe es von dem Herrn
empfangen, was ich euch gegeben habe. Denn der
Herr Jesus, in der Nacht, da er verrathen ward,
nahm er das Brot, dankte und brach es und sprach:
Nehmet, esset, das ist mein Leib, der für euch ge=
brochen wird; solches thut zu meinem Gedächtniß.
Desselbigen gleichen auch den Kelch nach dem Abend=
mahl und sprach: Dieser Kelch ist das neue Testa=
ment in meinem Blut; solches thut, so oft ihr's
trinket, zu meinem Gedächtniß. Denn so oft ihr von
diesem Brot esset und von diesem Kelch trinket, sollt
ihr des Herrn Tod verkündigen, bis daß er kommt.
Und diese Verheißung wird auch wiederholt durch
Sanct Paulum, da er spricht: Der Kelch der Dank=
sagung, damit wir danksagen, ist der nicht die Ge=
meinschaft des Blutes Christi? Das Brot, das wir
brechen, ist das nicht die Gemeinschaft des Leibes
Christi? Denn Ein Brot ist es, so sind wir Viele
Ein Leib, dieweil wir Alle Eines Brotes theil=
haftig sind.

**31. Es nennt aber Christus in der Einsetzung das
Brot seinen Leib, nicht ein Wahrzeichen seines Leibes?**

Dieweil er aber ein Sacrament verordnet zu
seinem Gedächtniß, und die Sacramente göttliche

Wahrzeichen sind, so werden billig Brot und Wein göttliche Wahrzeichen genannt.

32. Sind es denn bloße Zeichen?

Mit nichten; sondern es sind solche Wahrzeichen, mit welchen der Herr seinen wahren Tischgenossen auch zugleich die himmlische Gnade, nämlich seinen für uns gegebenen Leib und sein vergossenes Blut übergiebt.

Joh. 6, 51. Ich bin das lebendige Brot, vom Himmel gekommen. Wer von diesem Brot essen wird, der wird leben in Ewigkeit. Und das Brot, das ich geben werde, ist mein Fleisch, welches ich geben werde für das Leben der Welt.

Joh. 6, 54 u. 55. Wer mein Fleisch isset und trinket mein Blut, der hat das ewige Leben, und ich werde ihn am jüngsten Tage auferwecken. Denn mein Fleisch ist die rechte Speise und mein Blut ist der rechte Trank.

33. Wie können wir aber Christi Leib essen, sintemal er gen Himmel gefahren ist?

Gar wohl; denn ob er schon leiblich im Himmel ist, bis er kommen wird, zu richten die Lebendigen und die Todten, wie uns die Artikel des Glaubens lehren: so wird er doch empfangen im Wort der Verheißung mit Glauben, und sind die Gläubigen gewiß, daß sie durch seinen allmächtigen Geist mit ihm vereint und seine Gliedmaßen sind, so daß er in ihnen lebt und sie in ihm.

Joh. 6, 56. Wer mein Fleisch isset und trinket mein Blut, der bleibet in mir und ich in ihm.

Ephes. 5, 30. Wir sind Glieder seines Leibes, von seinem Fleisch und von seinem Gebein.

34. Macht denn unser Glaube das Sacrament?

Nein, sondern Christi Ordnung und Befehl macht das Sacrament, der Glaube aber empfähet die Gabe, im Sacrament verheißen, nämlich seinen Leib und Blut, gleichwie die Hand oder der Mund die heiligen Zeichen des Brotes und Weines empfängt.

35. Christus spricht doch nicht: nehmet, glaubet, sondern: nehmet, esset?

Nehmet, esset wird von dem geredet, das er in die Hand nahm und brach, nämlich von dem Brot; die Verheißung aber: das ist mein Leib, der für euch gegeben wird, fordert eitel gläubige Herzen und ein geistlich Essen und Trinken der Seelen.

Joh. 6, 35. Ich bin das Brot des Lebens; wer zu mir kommt, den wird nicht hungern und wer an mich glaubt, den wird nimmermehr dürsten.

1 Cor. 11, 28 u. 29. Der Mensch aber prüfe sich selbst, und also esse er von diesem Brot und trinke von diesem Kelch; denn welcher unwürdig isset und trinket, der isset und trinket sich selbst das Gericht, damit, daß er nicht unterscheidet den Leib des Herrn.

Matth. 5, 6. Selig sind, die da hungert und dürstet nach der Gerechtigkeit, denn sie sollen satt werden.

2 Cor. 13, 5. Versuchet euch selbst, ob ihr im Glauben seid, prüfet euch selbst.

Der dritte Theil.

Von der Dankbarkeit.

36. Dieweil wir denn von unserm Elende, ohn' all unser Verdienst, aus Gnaden durch Christum erlöset sind, warum sollen wir gute Werke thun?

Darum, daß Christus, nachdem er uns mit seinem Blute erkauft hat, so erneuert er uns auch durch seinen heiligen Geist zu seinem Ebenbilde, daß wir mit unserm ganzen Leben uns dankbar erzeigen.

Col. 2, 6 u. 7. Wie ihr nun angenommen habt den Herrn Jesum Christum, so wandelt in ihm und seid gewurzelt und erbauet in ihm und seid fest im Glauben, wie ihr gelehret seid, und seid in demselben reichlich dankbar.

Gal. 2, 17. Sollten wir, die da suchen durch Christum gerecht zu werden, auch noch selbst Sünder erfunden werden, so wäre Christus ein Sündendiener. Das sei ferne!

2 Cor. 5, 17. Ist Jemand in Christo, so ist er eine neue Creatur; das Alte ist vergangen; siehe, es ist Alles neu geworden.

1 Joh. 4, 19. Lasset uns ihn lieben, denn er hat uns zuerst geliebet.

1 Joh. 3, 3. Ein Jeglicher, der solche Hoffnung hat zu ihm, der reiniget sich, gleichwie Er auch rein ist.

1 Joh. 3, 6. Wer in ihm bleibet, der sündiget nicht; wer da sündiget, der hat ihn nicht gesehen, noch erkannt.

1 Petri 2, 9. Ihr seid das auserwählte Geschlecht, das königliche Priesterthum, das heilige Volk, das Volk des Eigenthums, daß ihr verkündigen sollt die Tugenden deß, der euch berufen hat von der Finsterniß zu seinem wunderbaren Licht.

37. Können denn die nicht selig werden, die sich von ihrem undankbaren, unbußfertigen Wandel nicht bekehren?

Keinesweges; denn, wie die Schrift sagt, kein Unkeuscher, Abgöttischer, Ehebrecher, Dieb, Geiziger,

Trunkenbold, Lästerer, Räuber und dergleichen wird das Reich Gottes ererben.

1 Cor. 6, 9. Wisset ihr nicht, daß die Ungerechten werden das Reich Gottes nicht ererben?

Ephes. 5, 5. Das sollt ihr wissen, daß kein Hurer oder Unreiner oder Geiziger (welcher ist ein Götzendiener) Erbe hat an dem Reich Christi und Gottes.

38. Was ist die christliche Buße?

Es ist nicht allein Reue und Herzeleid über unsre begangenen Sünden, sondern auch eine Veränderung des ungläubigen Herzens und Bekehrung zu Gott, die da bringet Frucht der Buße, nämlich gute Werke.

Matth. 5, 4. Selig sind, die da Leid tragen, denn sie sollen getröstet werden.

2 Cor. 7, 10. Die göttliche Traurigkeit wirket zur Seligkeit eine Reue, die Niemand gereuet; die Traurigkeit aber der Welt wirket den Tod.

Ephes. 4, 22—24. So leget nun von euch ab, nach dem vorigen Wandel, den alten Menschen, der durch Lüste in Irrthum sich verderbet. Erneuert euch aber im Geiste eures Gemüths, und ziehet den neuen Menschen an, der nach Gott geschaffen ist in rechtschaffener Gerechtigkeit und Heiligkeit.

Apostelg. 3, 19. So thuet nun Buße und bekehret euch, daß eure Sünden vertilget werden.

Luc. 3, 8. Sehet zu, thut rechtschaffene Früchte der Buße.

39. Welches sind aber gute Werke?

Allein die aus wahrem Glauben, nach dem Gesetze Gottes, ihm zu Ehren geschehen.

Ebräer 11, 6. Ohne Glauben ist es unmöglich, Gott zu gefallen.

Römer 14, 23. Was nicht aus dem Glauben gehet, das ist Sünde.

Römer 12, 2. Stellet euch dieser Welt nicht gleich, sondern verändert euch durch Verneuerung eures Sinnes, auf daß ihr prüfen möget, welches da sei der gute, der wohlgefällige und der vollkommene Gottes Wille.

4

1 Tim. 1, 5. Die Hauptſumme des Gebots iſt Liebe von reinem Herzen und von gutem Gewiſſen und von ungefärbtem Glauben.

Joh. 15, 8. Darinnen wird mein Vater geehret, daß ihr viele Frucht bringet und werdet meine Jünger.

1 Cor. 10, 31. Ihr eſſet oder trinket, oder was ihr thut, ſo thut es Alles zu Gottes Ehre.

40. Wie lautet das Geſetz des Herrn?

Gott redet alle dieſe Worte, 2 Moſe 20, 1—17:

Das erſte Gebot.

Ich bin der Herr, dein Gott, der ich dich aus Aegyptenland, aus dem Dienſthauſe, geführt habe; Du ſollſt keine anderen Götter neben mir haben.

Das zweite Gebot.

Du ſollſt dir kein Bildniß, noch irgend ein Gleich-niß machen, weder deß, das oben im Himmel, noch deß, das unten auf Erden, oder deß, das im Waſſer unter der Erde iſt; du ſollſt ſie nicht anbeten, noch ihnen dienen. Denn ich, der Herr, dein Gott, bin ein ſtarker, eifriger Gott, der die Miſſethat der Väter heimſucht an den Kindern bis in's dritte und vierte Glied derer, die mich haſſen; und thue Barmherzig-keit an vielen Tauſenden, die mich lieben und meine Gebote halten.

Das dritte Gebot.

Du ſollſt den Namen des Herrn, deines Gottes, nicht mißbrauchen; denn der Herr wird den nicht ungeſtraft laſſen, der ſeinen Namen mißbraucht.

Das vierte Gebot.

Gedenke des Sabbathtages, daß du ihn heiligeſt. Sechs Tage ſollſt du arbeiten und alle deine Werke *thun; aber am ſiebenten Tage iſt der Sabbath des*

Herrn, deines Gottes, da sollst du keine Arbeit thun,
noch dein Sohn, noch deine Tochter, noch dein Knecht,
noch deine Magd, noch dein Vieh, noch der Fremd-
ling, der in deinen Thoren ist. Denn in sechs Tagen
hat der Herr Himmel und Erde gemacht und das
Meer und Alles, was darinnen ist, und ruhete am
siebenten Tage; darum segnete der Herr den Sabbath-
tag und heiligte ihn.

Das fünfte Gebot.

Du sollst deinen Vater und deine Mutter ehren,
auf daß du lange lebest im Lande, das dir der Herr,
dein Gott, giebt.

Das sechste Gebot.

Du sollst nicht tödten.

Das siebente Gebot.

Du sollst nicht ehebrechen.

Das achte Gebot.

Du sollst nicht stehlen.

Das neunte Gebot.

Du sollst kein falsch Zeugniß reden wider deinen
Nächsten.

Das zehnte Gebot.

Laß dich nicht gelüsten deines Nächsten Hauses;
laß dich nicht gelüsten deines Nächsten Weibes, noch
seines Knechtes, noch seiner Magd, noch seines Ochsen,
noch seines Esels, noch Alles, was dein Nächster hat.

41. Was fordert der Herr im ersten Gebot?

Daß ich alle Abgötterei, Zauberei, abergläubische
Segen, Anrufung der Heiligen oder anderer Creaturen meiden und fliehen soll.

5 Mose 18, 10—12. Daß nicht unter dir gefunden werde, der seinen Sohn oder Tochter durchs Feuer gehen lasse, oder ein Weissager oder ein Tagewähler oder der auf Vogelgeschrei achte, oder ein Zauberer oder Beschwörer oder Wahrsager oder Zeichendeuter oder der die Todten frage. Denn wer solches thut, der ist dem Herrn ein Greuel.

Matth. 4, 10. Du sollst anbeten Gott, deinen Herrn, und ihm allein dienen.

Apostelg. 10, 25 u. 26. Als Petrus hineinkam, ging ihm Cornelius entgegen und fiel zu seinen Füßen und betete ihn an. Paulus aber richtete ihn auf und sprach: Stehe auf, ich bin auch ein Mensch.

Offenb. Joh. 19, 10. Und ich fiel nieder vor seinen Füßen, ihn anzubeten. Und er sprach zu mir: Siehe zu, thue es nicht, ich bin dein Mitknecht und deiner Brüder, die das Zeugniß Jesu haben; bete Gott an.

42. Was ist Abgötterei?

Anstatt des einigen, wahren Gottes, der sich in seinem Wort offenbart, oder neben demselben etwas anders dichten oder haben, darauf der Mensch sein Vertrauen setzt.

Jesaias 42, 8. Ich, der Herr, das ist mein Name, und will meine Ehre keinem Andern geben, noch meinen Ruhm den Götzen.

Matth. 6, 24. Niemand kann zween Herren dienen. Entweder er wird einen hassen und den andern lieben, oder er wird einem anhangen und den andern verachten. Ihr könnt nicht Gott dienen und dem Mammon.

1 Joh. 2, 15—17. Habt nicht lieb die Welt, noch was in der Welt ist. So Jemand die Welt lieb hat, in dem ist nicht die Liebe des Vaters. Denn Alles, was in der Welt ist, nämlich des Fleisches Lust und der Augen Lust und hoffärtiges Leben, ist nicht vom Vater, sondern von der Welt. Und die Welt vergehet mit ihrer Lust; wer aber den Willen Gottes thut, der bleibet in Ewigkeit.

Jerem. 17, 5. Verflucht ist der Mann, der sich auf Menschen verläßt, und hält Fleisch für seinen Arm, und mit seinem Herzen vom Herrn weicht.

43. Was will Gott im zweiten Gebot?

Daß wir Gott in keinem Wege verbilden, noch auf irgend eine andere Weise, denn er in seinem Wort befohlen hat, verehren sollen.

Jesaias 40, 25. Wem wollt ihr denn mich nachbilden, dem ich gleich sei? spricht der Heilige.

Römer 1, 22 u. 23. Da sie sich für weise hielten, sind sie zu Narren geworden und haben verwandelt die Herrlichkeit des unvergänglichen Gottes in ein Bild, gleich dem vergänglichen Menschen und der Vögel und der vierfüßigen und der kriechenden Thiere.

Jesaias 29, 13 u. 14. Der Herr spricht: darum, daß dies Volk zu mir nahet mit seinem Munde, und mit seinen Lippen mich ehret, aber ihr Herz fern von mir ist und mich fürchten nach Menschengeboten, die sie lehren; so will ich auch mit diesem Volk wunderlich umgehen.

Joh. 4, 24. Gott ist ein Geist, und die ihn anbeten, die müssen ihn im Geist und in der Wahrheit anbeten.

44. Was will das dritte Gebot?

Daß wir nicht allein mit Fluchen oder mit falschem Eide, sondern auch mit unnöthigem Schwören den Namen Gottes nicht lästern oder mißbrauchen.

Jacob. 3, 9 u. 10. Durch die Zunge loben wir Gott den Vater und durch sie fluchen wir den Menschen, nach dem Bilde Gottes gemacht. Aus einem Munde gehet Loben und Fluchen. Es soll nicht, liebe Brüder, also sein.

3 Mose 19, 12. Ihr sollt nicht falsch schwören bei meinem Namen und sollst nicht entheiligen den Namen deines Gottes, denn ich bin der Herr.

Matth. 5, 33—37. Ihr habt gehört, daß zu den Alten gesagt ist: du sollst keinen falschen Eid thun und sollst Gott deinen Eid halten. Ich aber sage euch, daß ihr allerdings nicht schwören sollt, weder bei dem Himmel, denn er ist Gottes Stuhl, noch bei der Erde, denn sie ist seiner Füße Schemel, noch bei Jerusalem, denn sie ist eines großen Königs Stadt. Auch sollst du nicht bei deinem Haupte schwören, denn du vermagst nicht ein einziges Haar weiß

oder schwarz zu machen. Eure Rede aber sei: Ja, ja; Nein, nein;
was darüber ist, das ist vom Uebel.

Ebräer 6, 16. Der Eid macht ein Ende alles Haders.

45. Was will Gott im vierten Gebot?

Gott will, daß das Predigtamt und Schulen erhalten werden, und ich insonderheit am Feiertage zu
der Gemeinde Gottes fleißig kommen soll.

Römer 10, 14 u. 17. Wie sollen sie glauben, von dem sie nichts
gehöret haben? Wie sollen sie aber hören ohne Prediger? — So kommt
der Glaube aus der Predigt, das Predigen aber durch das Wort Gottes.

2 Cor. 5, 20. So sind wir nun Botschafter an Christi Statt,
denn Gott vermahnet durch uns; so bitten wir nun an Christi Statt:
Lasset euch versöhnen mit Gott.

2 Tim. 3, 15—17. Weil du von Kind auf die heilige Schrift
weißt, kann dich dieselbige unterweisen zur Seligkeit durch den Glauben
an Christo Jesu. Denn alle Schrift, von Gott eingegeben, ist nütze
zur Lehre, zur Strafe, zur Besserung, zur Züchtigung in der Gerechtigkeit, daß ein Mensch Gottes sei vollkommen, zu allem guten
Werke geschickt.

Psalm 26, 8. Herr, ich habe lieb die Stätte deines Hauses und
den Ort, da deine Ehre wohnet.

Ebräer 10, 25. Lasset uns nicht verlassen unsere Versammlungen,
wie Etliche pflegen, sondern uns unter einander ermahnen.

46. Was will Gott im fünften Gebot?

Daß ich meinem Vater und Mutter und Allen,
die mir vorgesetzt sind, alle Ehre, Liebe und Treue
beweisen soll.

Ephes. 6, 1—3. Ihr Kinder, seid gehorsam euren Eltern in dem
Herrn, denn das ist billig. Ehre Vater und Mutter, das ist das
erste Gebot, das Verheißung hat: auf daß dirs wohl gehe und du
lange lebest auf Erden.

Ebräer 13, 17. Gehorchet euern Lehrern und folget ihnen, denn
sie wachen über eure Seelen, als die da Rechenschaft dafür geben
sollen; auf daß sie das mit Freuden thun und nicht mit Seufzen,
denn das ist euch nicht gut.

Col. 3, 22. Ihr Knechte, seid gehorsam in allen Dingen euren leiblichen Herren, nicht mit Dienst vor Augen, als den Menschen zu gefallen, sondern mit Einfältigkeit des Herzens und mit Gottesfurcht.

Römer 13, 1 u. 2. Jedermann sei unterthan der Obrigkeit, die Gewalt über ihn hat; denn es ist keine Obrigkeit, ohne von Gott; wo aber Obrigkeit ist, die ist von Gott verordnet. Wer sich nun wider die Obrigkeit setzet, der widerstrebet Gottes Ordnung; die aber widerstreben, werden über sich ein Urtheil empfangen.

1 Tim. 5, 17. Die Aeltesten, die wohl vorstehen, die halte man zwiefacher Ehre werth, sonderlich die da arbeiten im Wort und in der Lehre.

47. Was will Gott im sechsten Gebot?

Es will uns Gott durch Verbietung des Todtschlags lehren, daß er die Wurzel des Todtschlags, als Neid, Haß, Zorn, Rachgierigkeit hasset, und daß solches alles vor ihm ein heimlicher Todtschlag sei.

1 Mose 9, 6. Wer Menschenblut vergießet, deß Blut soll auch durch Menschen vergossen werden; denn Gott hat den Menschen zu seinem Bilde gemacht.

Matth. 5, 21 u. 22. Ihr habt gehört, daß zu den Alten gesagt ist: du sollst nicht tödten, wer aber tödtet, der soll des Gerichts schuldig sein. Ich aber sage euch: wer mit seinem Bruder zürnet, der ist des Gerichts schuldig; wer aber zu seinem Bruder sagt: Racha, der ist des Raths schuldig; wer aber sagt: du Narr, der ist des höllischen Feuers schuldig.

1 Joh. 3, 15. Wer seinen Bruder hasset, der ist ein Todtschläger, und ihr wisset, daß ein Todtschläger nicht hat das ewige Leben bei ihm bleibend.

Römer 12, 19. Rächet euch nicht selbst, meine Liebsten, sondern gebet Raum dem Zorn, denn es stehet geschrieben: die Rache ist mein, ich will vergelten, spricht der Herr.

Jacob. 1, 19 u. 20. Ein jeglicher Mensch sei schnell, zu hören, langsam aber, zu reden, und langsam zum Zorn; denn des Menschen Zorn thut nicht, was vor Gott recht ist.

Ephes. 4, 26. Zürnet und sündiget nicht; lasset die Sonne nicht über euerm Zorn untergehen.

Matth. 5, 44. Liebet eure Feinde, segnet, die euch fluchen, thut wohl denen, die euch hassen, bittet für die, so euch beleidigen und verfolgen, auf daß ihr Kinder seid eures Vaters im Himmel.

48. Was will das siebente Gebot?

Daß alle Unkeuschheit von Gott vermaledeiet sei; verbeut derhalben alle unkeuschen Gedanken, Geberden, Worte, Lust und was den Menschen dazu reizen mag.

Matth. 5, 27 u. 28. Ihr habt gehört, daß zu den Alten gesagt ist: du sollst nicht ehebrechen. Ich aber sage euch: wer ein Weib ansiehet, ihrer zu begehren, der hat schon mit ihr die Ehe gebrochen in seinem Herzen.

Ephes. 5, 3 u. 4. Hurerei und alle Unreinigkeit oder Geiz lasset nicht von euch gesagt werden, wie den Heiligen zustehet; auch schandbare Worte und Narrentheidinge oder Scherz, welche euch nicht ziemen; sondern vielmehr Danksagung.

1 Petri 2, 11. Liebe Brüder, ich ermahne euch als die Fremdlinge und Pilgrimme: enthaltet euch von fleischlichen Lüsten, welche wider die Seele streiten.

1 Cor. 3, 16 u. 17. Wisset ihr nicht, daß ihr Gottes Tempel seid und der Geist Gottes in euch wohnet? So Jemand den Tempel Gottes verderbet, den wird Gott verderben.

1 Cor. 15, 33. Lasset euch nicht verführen; böse Geschwätze verderben gute Sitten.

Gal. 5, 16. Wandelt im Geist, so werdet ihr die Lüste des Fleisches nicht vollbringen.

49. Was verbeut uns Gott im achten Gebot?

Er verbeut nicht bloß den Diebstahl und Räuberei, welche die Obrigkeit straft, sondern Gott nennet auch Diebstahl alle böse Stücke und Anschläge, damit wir unsres Nächsten Gut gedenken an uns zu bringen.

Habak. 2, 6. Wehe dem, der sein Gut mehret mit fremdem Gut! Wie lange wird es währen?

Ephes. 4, 28. Wer gestohlen hat, der stehle nicht mehr, sondern arbeite und schaffe mit den Händen etwas Gutes, auf daß er habe zu geben dem Dürftigen.

1 Theſſal. 4, 6. Niemand greife zu weit, noch übervortheile ſeinen Bruder im Handel, denn der Herr iſt der Rächer über das Alles.

Jerem. 22, 13. Wehe dem, der ſein Haus mit Sünden bauet und ſeine Gemächer mit Unrecht; der ſeinen Nächſten umſonſt arbeiten läßt und giebt ihm ſeinen Lohn nicht.

1 Tim. 6, 9 u. 10. Die da reich werden wollen, die fallen in Verſuchung und Stricke und viele thörichte und ſchädliche Lüſte, welche verſenken die Menſchen ins Verderben und Verdammniß; denn Geiz iſt eine Wurzel alles Uebels.

Apoſtelg. 20, 35. Gedenket an das Wort des Herrn Jeſu, das er geſagt hat: Geben iſt ſeliger, denn nehmen.

Jeſaias 58, 7. Brich dem Hungrigen dein Brot, und die, ſo im Elend ſind, führe in das Haus; ſo du einen nackend ſieheſt, ſo kleide ihn und entziehe dich nicht von deinem Fleiſch.

1 Joh. 3, 17. So Jemand dieſer Welt Güter hat und ſiehet ſeinen Bruder darben und ſchließt ſein Herz vor ihm zu; wie bleibt die Liebe Gottes bei ihm?

50. Was will das neunte Gebot?

Daß ich allerlei Lügen und Trügen, als eigne Werke des Teufels, bei ſchwerem Gotteszorn vermeiden ſoll.

Sprüchw. 19, 5. Ein falſcher Zeuge bleibt nicht ungeſtraft, und wer Lügen frech redet, wird nicht entrinnen.

Epheſ. 4, 25. Leget die Lügen ab und redet die Wahrheit, ein Jeglicher mit ſeinem Nächſten, ſintemal wir unter einander Glieder ſind.

1 Petri 2, 1. So leget nun ab alle Bosheit und allen Betrug und Heuchelei und Neid und alles Afterreden.

Joh. 8, 44. Ihr ſeid von dem Vater, dem Teufel, und nach eures Vaters Luſt wollt ihr thun. Derſelbige iſt ein Mörder von Anfang und iſt nicht beſtanden in der Wahrheit; denn die Wahrheit iſt nicht in ihm. Wenn er die Lügen redet, ſo redet er von ſeinem Eigenen; denn er iſt ein Lügner und ein Vater derſelbigen.

Jacob. 4, 11. Afterredet nicht unter einander, liebe Brüder. Wer ſeinem Bruder afterredet und urtheilet ſeinen Bruder, der afterredet dem Geſetz und urtheilet das Geſetz.

Luc. 6, 37. Richtet nicht, so werdet ihr auch nicht gerichtet; verdammet nicht, so werdet ihr auch nicht verdammet; vergebet, so wird euch vergeben.

1 Cor. 13, 7. Die Liebe verträgt Alles, sie glaubet Alles, sie hoffet Alles, sie duldet Alles.

51. Was will das zehnte Gebot?

Daß auch die geringste Lust oder Gedanken wider irgend ein Gebot Gottes in unser Herz nimmermehr kommen soll.

1 Mose 3, 6. Und das Weib schauete an, daß von dem Baum gut zu essen wäre und lieblich anzusehen, daß es ein lustiger Baum wäre, weil er klug machte; und nahm von der Frucht und aß, und gab ihrem Manne auch davon und er aß.

Römer 7, 7. Die Sünde erkannte ich nicht, ohne durch das Gesetz; denn ich wüßte nichts von der Lust, wo das Gesetz nicht hätte gesagt: Laß dich nicht gelüsten.

Jacob. 1, 13—15. Niemand sage, wenn er versucht wird, daß er von Gott versucht werde; denn Gott ist nicht ein Versucher zum Bösen, er versucht Niemand. Sondern ein Jeglicher wird versucht, wenn er von seiner eigenen Lust gereizet und gelocket wird. Darnach, wenn die Lust empfangen hat, gebieret sie die Sünde; die Sünde aber, wenn sie vollendet ist, gebieret sie den Tod.

Psalm 112, 1. Wohl dem, der den Herrn fürchtet, der große Lust hat zu seinen Geboten.

Psalm 37, 4. Habe deine Lust an dem Herrn; der wird dir geben, was dein Herz wünschet.

52. Warum läßt uns Gott also scharf die zehn Gebote predigen, so sie doch in diesem Leben Niemand vollkömmlich halten kann?

Erstlich, daß wir unsere sündliche Art je länger je mehr erkennen und die Gerechtigkeit in Christo suchen. Darnach, daß wir Gott bitten um die Gnade des heiligen Geistes, daß wir je länger je mehr zu dem Ebenbild Gottes erneuert werden.

Römer 3, 20. Durch das Gesetz kommt Erkenntniß der Sünde.

Römer 8, 3 u. 4. Das dem Gesetz unmöglich war, (sintemal es durch das Fleisch geschwächt ward,) das that Gott und sandte seinen Sohn in der Gestalt des sündlichen Fleisches und verdammte die Sünde im Fleisch durch Sünde, auf daß die Gerechtigkeit, vom Gesetz erfordert, in uns erfüllet würde, die wir nun nicht nach dem Fleisch wandeln, sondern nach dem Geist.

Jeremias 31, 31—33. Siehe, es kommt die Zeit, spricht der Herr, da will ich mit dem Hause Israel und mit dem Hause Juda einen neuen Bund machen. Nicht wie der Bund gewesen ist, den ich mit ihren Vätern machte, da ich sie bei der Hand nahm, daß ich sie aus Aegyptenland führete; welchen Bund sie nicht gehalten haben und ich sie zwingen mußte, spricht der Herr. Sondern das soll der Bund sein, den ich mit dem Hause Israel machen will nach dieser Zeit, spricht der Herr: Ich will mein Gesetz in ihr Herz geben und in ihren Sinn schreiben, und sie sollen mein Volk sein, so will ich ihr Gott sein.

Römer 7, 22. Ich habe Lust an Gottes Gesetz nach dem inwendigen Menschen.

2 Cor. 5, 17. Ist Jemand in Christo, so ist er eine neue Creatur; das Alte ist vergangen; siehe, es ist Alles neu geworden.

Phil. 3, 12. Nicht, daß ich es schon ergriffen habe oder schon vollkommen sei; ich jage ihm aber nach, ob ich es auch ergreifen möchte, nachdem ich von Christo Jesu ergriffen bin.

Vom Gebet.

53. Wie lautet das Gebet des Herrn?

Unser Vater, der du bist im Himmel. Geheiliget werde dein Name. Dein Reich komme. Dein Wille geschehe, wie im Himmel, also auch auf Erden. Unser täglich Brot gieb uns heute. Und vergieb uns unsre Schulden, wie auch wir vergeben unsern Schuldigern. Und führe uns nicht in Versuchung, sondern erlöse uns von dem Bösen. Denn dein ist das Reich und die Kraft und die Herrlichkeit in Ewigkeit. Amen.

Matth. 6, 7 u. 8. Wenn ihr betet, sollt ihr nicht viel plappern, wie die Heiden; denn sie meinen, sie werden erhöret, wenn sie viele Worte machen. Darum sollt ihr euch ihnen nicht gleichen. Euer Vater weiß, was ihr bedürfet, ehe denn ihr ihn bittet.

Matth. 7, 7 u. 8. Bittet, so wird euch gegeben; suchet, so werdet ihr finden; klopfet an, so wird euch aufgethan. Denn wer da bittet, der empfängt, und wer da suchet, der findet, und wer da anklopfet, dem wird aufgethan.

Joh. 16, 23. Wahrlich, wahrlich, ich sage euch: so ihr den Vater etwas bitten werdet in meinem Namen, so wird er es euch geben.

Joh. 14, 13. Was ihr bitten werdet in meinem Namen, das will ich thun, auf daß der Vater geehret werde in dem Sohne.

Phil. 4, 6. Sorget nichts, sondern in allen Dingen lasset eure Bitte im Gebet und Flehen mit Danksagung vor Gott kund werden.

1 Tim. 2, 1—3. So ermahne ich nun, daß man vor allen Dingen zuerst thue Bitte, Gebet, Fürbitte und Danksagung für alle Menschen, für die Könige und für alle Obrigkeit, auf daß wir ein ruhiges und stilles Leben führen mögen in aller Gottseligkeit und Ehrbarkeit; denn solches ist gut, dazu auch angenehm vor Gott, unserm Heilande.

Jac. 5, 16. Des Gerechten Gebet vermag viel, wenn es ernstlich ist.

54. Warum hat uns Christus befohlen, Gott also anzureden: Unser Vater, der du bist im Himmel?

Daß er in uns erwecke die kindliche Furcht und Zuversicht gegen Gott, nämlich daß Gott unser Vater durch Christum worden sei.

Ephes. 1, 3—6. Gelobet sei Gott und der Vater unseres Herrn Jesu Christi, der uns gesegnet hat mit allerlei geistlichem Segen in himmlischen Gütern durch Christum. Wie er uns denn erwählet hat durch denselbigen, ehe der Welt Grund geleget war, daß wir sollten sein heilig und unsträflich vor ihm in der Liebe. Und hat uns verordnet zur Kindschaft gegen ihn selbst durch Jesum Christum, nach dem Wohlgefallen seines Willens, zu Lobe seiner herrlichen Gnade, durch welche er uns hat angenehm gemacht in dem Geliebten.

Römer 8, 15. Ihr habt nicht einen knechtischen Geist empfangen, daß ihr euch abermal fürchten müßtet, sondern ihr habt einen kindlichen Geist empfangen, durch welchen wir rufen: Abba, lieber Vater!

1 Petri 1, 17. Sintemal ihr den zum Vater anrufet, der ohne Ansehen der Person richtet nach eines Jeglichen Werk, so führet euern Wandel, so lange ihr hier wallet, mit Furcht.

Ebräer 4, 16. Lasset uns hinzutreten mit Freudigkeit zu dem Gnadenstuhl, auf daß wir Barmherzigkeit empfangen und Gnade finden auf die Zeit, wann uns Hülfe noth sein wird.

55. Was ist die erste Bitte?

Geheiliget werde dein Name, das ist: Gieb uns, daß wir dich recht erkennen und dich in allen deinen Werken heiligen, rühmen und preisen.

Psalm 83, 19. Sie werden erkennen, daß du mit deinem Namen heißest Herr allein und der Höchste in aller Welt.

Joh. 17, 3. Das ist das ewige Leben, daß sie dich, daß du allein wahrer Gott bist, und den du gesandt hast, Jesum Christum, erkennen.

Psalm 106, 2. Wer kann die großen Thaten des Herrn aus= reden und alle seine löblichen Werke preisen?

Psalm 92, 2 u. 3. Das ist ein köstliches Ding, dem Herrn danken und lobsingen deinem Namen, du Höchster; des Morgens deine Gnade und des Nachts deine Wahrheit verkündigen.

Matth. 5, 16. Lasset euer Licht leuchten vor den Leuten, daß sie eure guten Werke sehen und euern Vater im Himmel preisen.

56. Was ist die zweite Bitte?

Dein Reich komme, das ist: Regiere uns durch dein Wort und heiligen Geist.

Psalm 45, 7 u. 8. Gott, dein Stuhl bleibet immer und ewig; das Scepter deines Reiches ist ein gerades Scepter; du liebest Ge= rechtigkeit und hassest gottloses Wesen.

Psalm 143, 10. Lehre mich thun nach deinem Wohlgefallen, denn du bist mein Gott; dein guter Geist führe mich auf ebener Bahn.

Luc. 17, 20 u. 21. Das Reich Gottes kommt nicht mit äußer= lichen Geberden; man wird auch nicht sagen: siehe hier oder da ist es; denn sehet, das Reich Gottes ist inwendig in euch.

Römer 14, 17. Das Reich Gottes ist nicht Essen und Trinken, sondern Gerechtigkeit und Friede und Freude in dem heiligen Geist.

Matth. 13, 31 u. 32. Das Himmelreich ist gleich einem Senfkorn, das ein Mensch nahm und säete es auf seinen Acker; welches das kleinste ist unter allen Samen; wenn es aber erwächst, so ist es das größte unter dem Kohl und wird ein Baum, daß die Vögel unter dem Himmel kommen und wohnen unter seinen Zweigen.

Offenb. Joh. 11, 15. Und es geschahen große Stimmen im Himmel, die sprachen: Es sind die Reiche der Welt unseres Herrn und seines Christus geworden, und er wird regieren von Ewigkeit zu Ewigkeit.

57. Was ist die dritte Bitte?

Dein Wille geschehe auf Erden, wie im Himmel, das ist: Verleihe, daß wir unserm eignen Willen absagen und deinem allein guten Willen ohne alles Widersprechen gehorchen.

Psalm 40, 9. Deinen Willen, mein Gott, thue ich gern und dein Gesetz habe ich in meinem Herzen.

Matth. 7, 21. Es werden nicht alle, die zu mir sagen: Herr, Herr! in das Himmelreich kommen, sondern die den Willen thun meines Vaters im Himmel.

Matth. 16, 24. Will mir Jemand nachfolgen, der verleugne sich selbst und nehme sein Kreuz auf sich und folge mir.

Matth. 26, 39. Mein Vater, ist es möglich, so gehe dieser Kelch von mir; doch nicht wie ich will, sondern wie du willst.

1 Petri 5, 6. So demüthiget euch nun unter die gewaltige Hand Gottes, daß er euch erhöhe zu seiner Zeit.

58. Was ist die vierte Bitte?

Gieb uns heut unser täglich Brot, das ist: Wollest uns mit aller leiblichen Nothdurft versorgen.

Psalm 145, 15 u. 16. Aller Augen warten auf dich und du giebst ihnen ihre Speise zu seiner Zeit; du thust deine Hand auf und erfüllest Alles, was lebet, mit Wohlgefallen.

Psalm 127, 1 u. 2. Wo der Herr nicht das Haus bauet, so arbeiten umsonst, die daran bauen. Wo der Herr nicht die Stadt behütet, so wachet der Wächter umsonst. Es ist umsonst, daß ihr frühe aufstehet und hernach lange sitzet und esset euer Brot mit Sorgen; denn seinen Freunden giebt er es schlafend.

Psalm 37, 25. Ich bin jung gewesen und alt geworden, und habe noch nie gesehen den Gerechten verlassen oder seinen Samen nach Brot gehen.

Jac. 1, 17. Alle gute Gabe und alle vollkommene Gabe kommt von oben herab, von dem Vater des Lichtes, bei welchem ist keine Veränderung noch Wechsel des Lichtes und der Finsterniß.

Matth. 6, 34. Sorget nicht für den andern Morgen, denn der morgende Tag wird für das Seine sorgen. Es ist genug, daß ein jeglicher Tag seine eigene Plage habe.

1 Petri 5, 7. Alle eure Sorge werfet auf ihn, denn er sorget für euch.

1 Tim. 6, 6—8. Es ist ein großer Gewinn, wer gottselig ist und lässet ihm genügen. Denn wir haben nichts in die Welt gebracht, darum offenbar ist, wir werden auch nichts hinausbringen. Wenn wir aber Nahrung und Kleider haben, so lasset uns begnügen.

59. Was ist die fünfte Bitte?

Vergieb uns unsre Schuld, wie auch wir vergeben unsern Schuldigern, das ist: Wollest uns alle unsre Sünde um des Blutes Christi willen nicht zurechnen, wie auch wir das Zeugniß deiner Gnade in uns befinden, daß wir unserm Nächsten von Herzen verzeihen.

Psalm 51, 3—5. Gott, sei mir gnädig nach deiner Güte und tilge meine Sünden nach deiner großen Barmherzigkeit. Wasche mich wohl von meiner Missethat und reinige mich von meiner Sünde. Denn ich erkenne meine Missethat und meine Sünde ist immer vor mir.

Psalm 32, 5. Ich sprach: ich will dem Herrn meine Uebertretung bekennen. Da vergabst du mir die Missethat meiner Sünde.

Ephes. 1, 7. An welchem wir haben die Erlösung durch sein Blut, nämlich die Vergebung der Sünden, nach dem Reichthum seiner Gnade.

Matth. 6, 14 u. 15. So ihr den Menschen ihre Fehler vergebet, so wird euch euer himmlischer Vater auch vergeben. Wo ihr aber den Menschen ihre Fehler nicht vergebet, so wird euch euer Vater eure Fehler auch nicht vergeben.

Matth. 18, 21 u. 22. Da trat Petrus zu ihm und sprach: Herr, wie oft muß ich denn meinem Bruder, der an mir sündiget, vergeben? Ist's genug siebenmal? Jesus sprach zu ihm: Ich sage dir, nicht siebenmal, sondern siebenzigmal siebenmal.

Matth. 18, 32 u. 33. Du Schalksknecht, alle diese Schuld habe ich dir erlassen, dieweil du mich batest; solltest du denn dich nicht auch erbarmen über deinen Mitknecht, wie ich mich über dich erbarmet habe?

60. Was ist die sechste Bitte?

Und führe uns nicht in Versuchung, sondern erlöse uns von dem Bösen, das ist: Dieweil der Teufel, die Welt und unser Fleisch nicht aufhören, uns anzufechten, so wollest du uns erhalten und stärken durch die Kraft deines heiligen Geistes, auf daß wir ihnen mögen festen Widerstand thun.

Matth. 26, 41. Wachet und betet, daß ihr nicht in Anfechtung fallet; der Geist ist willig, aber das Fleisch ist schwach.

1 Petri 5, 8 u. 9. Seid nüchtern und wachet; denn euer Widersacher, der Teufel, gehet umher wie ein brüllender Löwe und suchet,
welchen er verschlinge. Dem widerstehet fest im Glauben.

Jac. 4, 4. Wisset ihr nicht, daß der Welt Freundschaft Gottes Feindschaft sei? Wer der Welt Freund sein will, der wird Gottes Feind sein.

Gal. 5, 17. Das Fleisch gelüstet wider den Geist und den Geist
wider das Fleisch. Dieselbigen sind wider einander, daß ihr nicht
thut, was ihr wollt.

2 Thessal. 3, 3. Der Herr ist treu, der wird euch stärken und
bewahren vor dem Argen.

1 Cor. 10, 12 u. 13. Wer sich läßt dünken, er stehe, mag wohl
zusehen, daß er nicht falle. Es hat euch noch keine, denn menschliche Versuchung betreten; aber Gott ist getreu, der euch nicht läßt
versuchen über euer Vermögen, sondern macht, daß die Versuchung
so ein Ende gewinne, daß ihr es könnet ertragen.

Jac. 1, 12. Selig ist der Mann, der die Anfechtung erduldet; denn
nachdem er bewähret ist, wird er die Krone des Lebens empfangen,
welche Gott verheißen hat denen, die ihn lieb haben.

Ephes. 6, 13 u. 16. Um deß willen so ergreifet den Harnisch
Gottes, auf daß ihr an dem bösen Tage Widerstand thun und Alles
wohl ausrichten und das Feld behalten möget. Vor allen Dingen
aber ergreifet den Schild des Glaubens, mit welchem ihr auslöschen
könnet alle feurigen Pfeile des Bösewichts.

2 Tim. 4, 7 u. 8. Ich habe einen guten Kampf gekämpfet, ich
habe den Lauf vollendet, ich habe Glauben gehalten. Hinfort ist
mir beigelegt die Krone der Gerechtigkeit, welche mir der Herr an
jenem Tage, der gerechte Richter, geben wird; nicht mir aber allein,
sondern auch allen, die seine Erscheinung lieb haben.

61. Was heißt das Wörtlein: Amen?
Amen heißt: Das soll wahr und gewiß sein.

Jerem. 28, 6. Amen, der Herr thue also, der Herr bestätige
dein Wort.

2 Cor. 1, 20. Alle Gottes-Verheißungen sind Ja in ihm und
sind Amen in ihm.

Offenb. Joh. 3, 14. Das sagt Amen, der treue und wahrhaftige
Zenge, der Anfang der Creatur Gottes.

1 Joh. 5, 14 u. 15. Das ist die Freudigkeit, die wir haben zu
ihm, daß, so wir etwas bitten, nach seinem Willen, so höret er uns.
Und so wir wissen, daß er uns höret, was wir bitten, so wissen wir,
daß wir die Bitte haben, die wir von ihm gebeten haben.

Ephes. 3, 20 u. 21. Dem aber, der überschwänglich thun kann
über Alles, das wir bitten oder verstehen, nach der Kraft, die da
in uns wirket, dem sei Ehre in der Gemeine, die in Christo Jesu
ist, zu aller Zeit, von Ewigkeit zu Ewigkeit! Amen.